Best Time

白 马 时 光

アンサニゲーム

密室考验

〔日〕五十岚贵久 著

王盈盈 译

百花洲文艺出版社
BAIHUAZHOU LITERATURE AND ART PRESS

图书在版编目（CIP）数据

密室考验 /（日）五十岚贵久著；王盈盈译 . — 南昌：百花洲文艺出版社，2022.7
ISBN 978-7-5500-4719-8

Ⅰ.①密… Ⅱ.①五…②王… Ⅲ.①长篇小说—日本—现代 Ⅳ.① I313.45

中国版本图书馆 CIP 数据核字（2022）第 074373 号

江西省版权局著作权合同登记号：14-2022-0027

密室考验 MISHI KAOYAN

〔日〕五十岚贵久 著 王盈盈 译

出 版 人	章华荣
出 品 人	李国靖
特约监制	王俊艳
责任编辑	游灵通　程　玥
特约策划	王　甜　刘丽娟
特约编辑	刘丽娟
封面绘图	喜圆璇
封面设计	小雯设计
版式设计	童　磊
版权支持	程　麒
出版发行	百花洲文艺出版社
社　　址	南昌市红谷滩区世贸路 898 号博能中心 I 期 A 座 20 楼
邮　　编	330038
经　　销	全国新华书店
印　　刷	三河市兴博印务有限公司
开　　本	880mm×1230mm 1/32
印　　张	7.5
字　　数	158 千字
版　　次	2022 年 7 月第 1 版
印　　次	2022 年 7 月第 1 次印刷
书　　号	ISBN 978-7-5500-4719-8
定　　价	45.00 元

赣版权登字：05-2022-74

发行电话　0791-86895108　　　　网　址　http://www.bhzwy.com
图书若有印装错误，影响阅读，可向承印厂联系调换。

"啊，累死我了！"

里美拽下肩上披着的牛仔外套，裹着鱼尾裙的身体直接瘫倒在了浅棕色的长沙发上。

轻轻地在她的脸颊上落下一个吻，樋口毅将手中光泽亮丽的藏蓝色夹克和同色领结放在茶几上，坐在了她的旁边。

他长长地吐出一口气，里美也悠悠地缓了口气。为着这个巧合，两个人不由得相视一笑。

樋口毅问："要洗澡吗？"

里美说："太困了，想直接睡。"

樋口毅重重地点了点头，表示赞同："一直听说结婚麻烦，没想到会这么麻烦，又费时又费劲。"

"可不是嘛。"

里美抻了抻筋，做了一个拉伸运动，又抓起桌上的曲奇饼干吃了起来。

今天早上，两个人去市政厅办了结婚登记手续，里美的姓由"田崎"变成了"樋口"，这意味着他们已经成了真正意义上的一家人。之后，他们前往位于银座的圣瓦伦丁教堂举行婚礼。日本的六月已经进入梅雨季节，但是今天没有烦人的雨丝，而是一个清爽的大晴天，似乎连老天都在祝福这对幸福的人儿。

婚礼在中午十二点正式开始，而他们从早上九点就开始准备了。要做头发，要化妆，要试穿礼服，要招呼亲戚以及学生时代的好友。每件事都必须做，每件事都要花不少精力。做完了一件还有一件，仿佛没有尽头似的，时间根本不够用。

樋口毅和里美采用的是"人前式"婚礼，这最近在日本比较流行，整体氛围轻松又不乏庄重。互换戒指的时候，樋口毅的手直发颤，客人们发出善意的哄笑声。所有程序都很顺利，大约一个小时就结束了仪式。

婚礼结束后，大家去了同样位于银座的一家非常有名的法国餐厅，他们在这里举办婚宴，差不多有六十人参加。

婚宴在傍晚五点半过后结束，休息了一个小时，大家又转战一家西班牙酒吧去参加二次会。这些行程中间都安排了休息环节，但是作为婚礼主人公的樋口毅和里美一直处于连轴转的状态，连喘口气的时间都没有。

二次会本该在晚上九点结束，结果晚了半小时才落下帷幕。之后，一对新人终于有了属于自己的时间，前往位于银座四丁目的二十四克拉酒店。他们五分钟前走进预订的高级套房，此时已经是晚上十点多。真的太累，连动动手换衣服的力气都没有了。

"要喝点儿什么吗？"

桌子上摆着色彩缤纷的花束、庆祝新婚的贺卡、一个蛋糕和一些曲奇饼干，此外还放着一个冰桶，里面正冰镇着一瓶香槟。

"都说了不要，他们还是预订了。"樋口毅看着卡片上四位好友的名字，脸上浮现出一抹苦笑，"这是让我们两个人喝掉一整瓶香槟吗？太看得起我们了。"

"大家都好贴心啊！"

里美拿起花束，那是高中同学亲手做的。

"嗯，所以不能辜负了这份好意。"

樋口毅打开香槟，倒进酒杯里。

里美接过杯子喝了一口，小声嘀咕着："要不要去冲个澡呢？明天早上八点要到羽田机场，那七点之前就必须退房。现在已经十点半了，得抓紧时间休息。"

这对新人打算去巴厘岛度蜜月，一共七天六夜的时光将会成为只属于彼此的甜蜜回忆。

考虑到第二天的行程是该早点儿睡，不过樋口毅还是一边啜着香槟，一边将光盘塞进了房间自带的播放器中。那是他们请婚庆公司录制的婚礼和婚宴的 DVD 视频。

婚庆公司的效率很高，拍摄后利用樋口毅他们开二次会的时间完成剪辑，将光盘直接送到了酒店。两人办理入住的时候，前台将光盘和钥匙一起给了他们。

"婚礼办得很不错呢！"

樋口毅在沙发上坐下，揽住了里美的肩膀。里美点了点头，也支起脑袋开始期待。

他们就职于永和商事，这是日本数一数二的综合商社，公司总部在丸之内。两人同属营业部，属于前后辈的关系。

两年前里美从其他部门调到营业部，几个月后开始和樋口毅谈恋爱。当时樋口毅二十九岁，里美二十六岁。两个人恋爱谈得很顺利，很快到了谈婚论嫁的地步，交往一年后樋口毅向里美求婚，他们没有半点儿波澜地走到了结婚这一步。

"阿毅，你爸爸哭得好厉害啊！看，眼泪一串串往外涌。"里美看着屏幕，"一般都是新娘的爸爸哭，从没听说过新郎的爸爸会哭成这样。"

"我也疑惑呢。"樋口毅忍不住重重地挠了挠脑袋，这是他碰到什么为难事时的下意识反应，"不知道老爷子到底是怎么了。按理说，我应该关心他，好好问一问，但今天实在是没有时间和精力。哎哟，真是哭得太难看，好几次都想跟他说快别哭了。"

他们采用的是"人前式"婚礼，在场的所有人都算证婚人。负责主持婚礼的是营业部男同事柴田和女同事小幡。

婚礼过程中，主持人照例向在场人员询问有没有异议，自然不会有人提出异议，大家都热情地为新人鼓掌。这样，这段婚姻关系就算成立了。

整个婚礼过程进行得轻松且愉快。大家纷纷对着镜头逗乐，或是送上祝福的话，或是拥抱新人，以示庆祝。

樋口毅指着画面上的一角向里美示意。那里坐着永和商事的社长市川英一和会长䋞田聪一郎。

永和商事是䋞田会长的父亲䋞田永吉在战后创办的商事公司。䋞田永吉出生于日本广岛，创立公司后，因战时特需问题与岸野享辅产生了深厚的交情，后者时任民自党吉村内阁的大藏大臣一职。有了这份交情作背书，䋞田永吉的公司获得了飞跃式的发展。

与其他旧家族式财阀企业相同的是，永和商事也由䋞田家族说了算。

昭和五十五年（1980年），䋞田永吉的长子聪一郎子承父业，就任公司社长一职。聪一郎妻子早逝，没有孩子，因此在十年前接替父亲成为会长之后，选择了外甥市川英一来继承家业并担任社长。

与其他旧家族式财阀企业不同的是，自从聪一郎成为社长后，公司就大力发展信息产业。二十年前，永和商事收购了一家叫作"QUBESKY"的美国小公司。该公司当时只有四名员工，主要开发制作电脑端游戏软件。之后，集团投入巨额资金加以改造利用，最终收获了全亚洲范围内使用最多、影响最广的搜索引擎——QUBE。

不可否认，永和商事今天之所以能成为日本众多综合商社中的佼佼者，原因就是在四十年前关注到了毫不起眼、毫无利润可言的信息产业。因此，大家对聪一郎的慧眼都深深拜服。

永和商事的企业理念是"员工即家人"。该企业理念从公司创立伊始直至今日，未曾变过。它旗下有五百多家集团公司，采用家族式经营方式，其一大特点就是包括集团公司员工在内约四万名员工的婚丧嫁娶仪式，社长或者会长都会出席参加。

樋口毅和里美都在公司本部工作，因此在婚礼上见到老总的面孔并不奇怪，不过会长和社长同时出席这件事还是很少见的。

里美问："是不是说明他们看好咱们啊？"

"有可能吧。"樋口毅笑得有些腼腆。

公司中最重要的两个人同时出席婚礼，和里美的姨父馆山铁平是经营管理部董事会成员不无关系，但更重要的原因还是在樋口毅本人身上。樋口毅今年才三十一岁，已经担任系长一职，前途非常光明，总有一天会成为担负起永和商事未来发展的中坚力量。

"我都跟姨父说了，不用勉强来参加的。"里美指着画面中的人说道。

馆山在半个月前跑步时扭伤了脚，伤势不轻。画面中，他费力地拖着受伤的右脚上前致辞，看上去很疼。

一个月前，营业局长畑中跟樋口毅透过口风，说只要他搞定这次的新项目，就可以坐上课长的位置。对此，樋口毅非常谦虚地表示自己会努力。毫无疑问，公司很看好他的能力。

视频开始播放婚宴上发生的事。

樋口毅的父亲还是和之前一样，从头哭到尾。这样子可真不好看啊，他一边想着，一边摸了摸里美的头发。里美微厚的嘴唇中漏出几缕绵长的呼吸声，不知不觉她竟然已经睡着了。

"别睡。"樋口毅摇了摇她的肩膀，"不洗澡没事，至少把衣服脱了。"

"五分钟，再让我睡五分钟。"里美依旧闭着眼睛，小声地请求。

樋口毅摇了摇头，对她的疲惫非常理解。他突然也感到一阵醉意，猜测是在二次会上喝多了，身体这时候才反应过来。他确认了一遍明天早上的闹钟，又从冰箱中取出矿泉水喝了差不多半瓶。

他想脱衣服去洗澡，结果手指没一点儿力气，连扣子都解不开。

房间似乎变黑了，眼皮沉重得怎么都睁不开，强烈的睡意瞬间将他淹没。

"就睡一会儿……"他一边喃喃自语，一边挪进卧室，就这样躺了下去。

从客厅里传来一阵鼓掌的声音。

"呃，播放器还没关，好烦，起不来了。"他彻底地闭上了眼睛，"睡一会儿，就睡三十分钟，没事的。"

樋口毅被迅速地拽向睡眠的旋涡中。是太累了吗？他感到身体好重。

他似乎听到了什么声音，好像是门开了。

啊，幻听，肯定是幻听。酒店房门是自动上锁的，怎么可能有人进来呢？

这是樋口毅头脑中最后的意识。

Instruction Manual

/

游戏说明

樋口毅模模糊糊地听见一阵电子铃声，声音越来越大。原来是手机闹铃响了。

　　得马上起床，赶不上飞机就糟了！

　　他挣扎着撑开千斤重的眼皮，视野里充斥着一片红色。估计是昨晚喝了太多酒，导致眼睛充血了。他一边想着，一边好不容易才坐了起来，全身仿佛被车轮碾过一般，疼得厉害。

　　樋口毅无意识地搓了搓两只胳膊，才意识到自己没有睡在床上，而是躺在地上。随手一摸，冷冰冰的坚硬触感令他不由得皱起了眉头。

　　是昨晚睡熟后从床上滚到了地上，还是喝多了直接在地上睡的呢？樋口毅自知睡相一向不好，但早上从地上醒来还是第一次。

　　不对！他探手摸了摸地上，酒店的地板上都会铺一层地毯，不应该是这种触感。

　　樋口毅又用手指仔细地摩挲了一遍，他发现地上甚至没有镶木地板，只有一层裸露的冰冷铁板。自己入住的二十四克拉酒店在整个东京都是数一数二的，地上绝对不可能是铁板。

　　渐渐地眼睛适应了一些，樋口毅勉强能够看清周围的情形，可惜依旧没能搞明白自己现在到底在哪里，发生了什么事情。

他检查了一下身上，看到自己只穿着一件白色的 T 恤和一条蓝色的条纹平角短裤。谁给他换的衣服？昨晚睡前是想脱衬衫来着，可他不记得到底脱没脱，平角短裤也是一样。

不，现在不是纠结这些细节的时候。樋口毅一边想着，一边环视四周。很明显，这里不是酒店的房间。

天花板上垂下一个孤零零的灯泡，罩着红色的灯帽。

整个空间昏暗无比。他试着站了起来，伸手去摸墙壁，发现墙壁也是铁板做的。

他扶着墙壁慢慢走着，意识到这里并不狭窄。

走了一会儿，方向变了。樋口毅用脚步丈量，大致知道了这面墙的长度。从一个角落到另一个角落，差不多十米。

他绕着摸索了一圈，猜测这里是一个正方形的空间。也就是说，自己被关在了一个四四方方的箱子里。

樋口毅又抬头打量。天花板大约有五米高，顺着灯泡看下来，正下方摆着一张小桌子和一把折叠椅。除此之外，这里再没有别的任何摆设。

"有人吗？怎么回事？你们是什么意思！"

叫声在密闭空间里激起一道道回响，令他不由得捂住了耳朵。他有些崩溃。

现在到底是怎么回事？是谁在恶作剧吗？

"神保，是你吗？"樋口毅叫出大学时代同一社团中好友的名字，"还是你，饭塚？我说你们这些人够了啊，实在是太无聊了！"

他的嘴边浮出一丝苦笑，想起大学时代自己和神保、饭塚参加全能社团，总会做些出格的事情。要是那两个人的话，还真有可能开出这种玩笑。

戴在腕上的手表也不见了。这里没有窗，他无法感知外界的情况。

"嘿，我说神保、饭塚，又或者其他某个人，差不多够了啊！"樋口毅把手搭在椅背上，竭尽全力冷静着说道，"现在几点了？去巴厘岛的飞机航班是上午十点，得提前两小时到达机场，这个规矩你们不会忘了吧？稍微晚一点儿到达也没太大问题，可你们知道的，从银座到羽田机场，出租车开到最快也得二十分钟。要是最后赶不上飞机了怎么办，你们来负责吗？"

樋口毅越想越恼火，声音也越来越大。开玩笑不是不可以，但总得有个尺度。

关系再怎么好的朋友，在人家蜜月第一天早上干这种事情，简直是无聊到了极点，人品有问题。

"喂，我说你们听明白了没有？说话呀！回答我！飞机票可不便宜，酒店押金也还没退，快放我出去！里美在哪里？跟你们在一起吗？"

刚才樋口毅绕着房间转了一圈，发现这里没有门——当然，这是不可能的事情。既然自己被关进了这个箱子里，那这里肯定是有门的。

他确定自己刚才已经仔仔细细地到处检查过了。是遗漏了，还是这道门藏在某个难以发现的地方？

"我不知道你们是谁，也不管是谁，马上停手。现在放我出去，我还可以当成一个玩笑，一笑了之。怎样才能放我出去，想让我求饶吗？

求饶就可以了吗？喂，说话，快说话！"

不知道什么时候，手机的闹铃声停止了。它是从哪儿传过来的呢？樋口毅仔细地打量四周。

这里很暗，勉强可以看清脚下的地板，上面没有手机，但刚才的闹铃声很大，听着非常清晰。

也就是说，这里的某处应该装了扬声器。微弱的灯光无法照亮四个角落，或许扬声器就藏在其中，自己的手机闹铃声正是从那个扬声器中传出来的。

"你们到底想干什么？"他一边思索，一边寻找扬声器，结果正对面墙壁的中央突然闪起亮光。

原以为那里是一块单纯的铁板，实际上嵌着一个约六十英寸大小的显示器。

樋口毅正坐着的椅子离显示器差不多有两米距离，能够很清楚地看清画面中的内容。那是只穿着内衣和内裤的里美。

里美的脸部被放大特写，脸颊上都是泪痕，脏兮兮的，表情扭曲，听不见任何声音。

他大吼一声，快步冲向显示器。

△▽

里美觉得莫名其妙，一边擦着不断涌出来的眼泪，一边沿着地板爬。

她是因为头疼醒过来的，还以为是宿醉的缘故。不知道从哪儿传过来的闹铃声在脑海中反复回荡，吵得人难受。

"关了，快把闹铃关了……"她喊了好几次，铃声依旧在响。阿毅还没醒吗？没办法，里美只能睁开了眼睛。

眼前是她无法理解的一幕。昏暗的、密闭的空间里，红色的灯光模模糊糊地亮着。这里不是酒店的房间，她迅速明白了这一点。

她连声呼唤樋口毅的名字，但是一直没有得到回应。

这里到底是哪儿？现在是怎么回事？

为什么自己只穿着内衣和内裤？刚才的闹铃是在哪儿响起的？阿毅在哪儿？

这一切的一切，她全无头绪，只能把注意力转回自己身上。她上下检查了一遍，幸好没有受伤，也没有被猥亵的痕迹。

然而越是如此，她越是不安。自己明明是在酒店的房间里，为什么会出现在这儿？

里美感到一股强烈的尿意。在昏暗的光线下，她趴在地板上和墙壁上仔细摸索，然后找到了一个白色的马桶。边上没有墙壁或者隔板，就一个光秃秃的马桶。

她现在什么都思考不了，只能坐上去先解决了燃眉之急。之后她发现这虽然是一个冲水马桶，但实际上出不了水。马桶底部连着一个黑色的塑料袋，袋子开了个十字口子，再下面就看不见了。

"救命啊！放我出去！"

里美被恐惧驱使着站了起来，不断拍打四面的墙壁，可是没有人搭理她。她又试着用身体去撞，结果在反作用力下直接摔在了地板上。她除了坐起来擦干眼泪外，什么都做不了。

这个房间里只有一张桌子和一把折叠椅，其他什么都没有。而且，不管是桌子还是椅子，都被焊死在地板上，想动也动不了。

她想弄清楚现在是什么时间，结果发现父母送来当结婚礼物的卡地亚手表也不见了。

这是梦吧？如果是梦，这可真是了不得的噩梦。

里美记得结束二次会后，她和阿毅一起回了酒店的高级套房。那应该是几小时前的事情，往久了算，最多也就七八个小时之前。

她本打算冲个澡，换上睡衣马上睡觉的。因为去巴厘岛的航班是第二天上午十点，在那之前必须提前两小时赶到羽田机场，这意味着她最多能睡上五个小时，否则蜜月旅行就泡汤了。

里美嘴里喃喃着："蜜月……"

是去蜜月胜地夏威夷，还是去没踏足过的塔西提岛，又或者去塞舌尔群岛？之前她和樋口毅因为蜜月地点争论过很久，甚至一度吵架，最后才确定去两个人都喜欢的巴厘岛。

他们还在巴厘岛上预订了四风五星级酒店的小别墅，期待着在那里度过一星期没有人打扰的二人世界。

结果，自己却被关在了这儿。如果这是开玩笑，那可真是最恶劣的玩笑，绝对不能原谅。

可是，这真的是在开玩笑吗？

里美环顾四周，打量着这个由铁板围成的密室。没有门，也没有窗，作为一个玩笑来说，布置得太专业了。

擦了一遍又一遍，眼泪都没有干，身体里的水分似乎全溢了出来。她害怕得整个人都在发抖。

"有没有人啊？有没有人来救救我？阿毅，求你了，阿毅，快来救我出去！"

突然，里美眼前亮了起来。她抬起头，看见了嵌在墙壁上的显示器，显示器上出现的是穿着内裤的阿毅。

"阿毅！"

她跑向显示器大声地叫着，然后才意识到对方听不到自己说话。画面中的樋口毅正看着自己，他看上去惊愕极了，嘴巴动了动，看口型是在呼唤自己。

"我在这里！在这里啊！"里美拍打着显示器，"阿毅，你在哪里？快来救救我！"

突然，显示器和天花板上的那盏红灯泡同时熄灭了。没有了光源，房间陷入一片黑暗中，什么都看不见了。

里美大声尖叫起来："救命！"

显示器重新亮起，一张小丑的脸部特写占据了那张六十英寸大的屏幕。

△▽

"欢迎来到默契游戏！"

一阵庸俗的小号开场曲后，小丑开口了。樋口毅怒视着那张脸。

小丑脸上的妆很重，看不出他原来的长相和年龄，声音也通过转换器处理过，甚至让人无法分辨出是男是女。

"你是谁？"樋口毅用力地拍打显示器外厚厚的防护玻璃，"你到底想干什么？放我和里美出去！你把我们绑过来，到底有什么目的？"

画面切换，重新变成里美的脸。从她脸上的表情可以判断，她应该也正在看着小丑。

很快显示器上又出现了一个小窗口，上面播放着他们婚礼上的影像。那是他们请婚庆公司拍摄制作的DVD。

樋口毅瞬间明白了小丑的真实身份，认定对方是婚庆公司的员工，受自己或者里美的某个朋友所托，设计了这个活动，故意让两个人先分开，最后上演一段感天动地的再相会。

那些家伙觉得这会成为一个惊喜吧。

"呵，真是无聊的活动，根本就是恶趣味。"樋口毅狠狠地拍打显示器，"你们是想看吊桥效应吗？可惜啊，我和里美不需要这样的刺激。适可而止吧，快放我们出去——"

"恭喜恭喜！"小丑的声音穿过DVD画面流淌了出来，"尊敬的樋口先生和田崎里美小姐，祝你们新婚快乐。啊，不好意思，两位已经登记结婚了，应该改口叫樋口里美小姐才对。"

樋口毅轻蔑地说："我可笑不出来。"

摄影机镜头推远，显示器上出现了小丑的上半身。他的头发是红色的，整张脸上涂着雪白的粉底，眉毛和眼部都用黑色眼影勾勒出了轮廓。

他还戴着高礼帽、圆眼镜和假鼻子，穿着横条纹的 T 恤，外面罩着带垫肩的黄色夹克，脖子上缠着一块粉红色的围嘴。

"首先请允许我进行自我介绍，"小丑将两只手放在桌子上，"我是今天担任第四届默契游戏司仪一职的 MC 小丑。你们也可以直接唤我小丑，没有关系。接下来还请多多关照。"

"你在说什么呢？"樋口毅使劲地踢玻璃，"你是婚庆公司的员工吧？谁让你来的，是神保吗？这么无聊的事情，只有那家伙干得出来。我知道他本性不坏，可混账到这个地步也是够了。马上把我放出去。我以后都不会再和神保见面，也不想跟他说话，所以你现在就让那家伙……"

"打断您说话真是非常抱歉，不过还是请您配合先听一下游戏规则。"

"你没听到我说的话吗！？"

小丑似乎全然听不见樋口毅的咆哮，只将特地用蓝色颜料勾勒过的嘴角朝两边咧了咧。

"游戏规则很简单。从现在开始，我要向您和里美小姐问十个问题。题目都非常容易，你们绝对可以回答出来，而且每个题目都不像智力题那样有标准答案。默契游戏的目的只有一个，就是确保二位的答案一致。"

"莫名其妙。"樋口毅抱着两只胳膊，冷冷地盯着小丑。

什么叫十个问题，什么叫问题都很容易，什么叫没有标准答案，什么叫确保答案一致，他完全不知道小丑在说什么。

显示器下方的铁板突然被打开了。之前樋口毅检查时没有注意到，原来显示器附近的墙上有几道暗槽，形成一个可以开合的盖子。

"这里是十张答题板和一支马克笔。"小丑淡淡地继续讲解游戏规则，"我再说一遍：接下来我将给出问题，请您在三十分钟内将答案写在答题板上，写完后将答题板面向显示器。若您和里美小姐写的内容一致，则视为答案匹配。老实说，我认为根本不需要三十分钟呢。陀思妥耶夫斯基也说过，人类总是无法忍受对时间无意义的浪费。"

小丑歪着嘴笑了。

"如果您提前完成作答，请按下桌子右上角的红色按钮。只要您和里美小姐都按了这个按钮，则不管你们是在作答开始三十秒后按的，还是一分钟后按的，你们的答案都会马上出现在显示器上。哦，这样可真节省时间。"

"不要再装神弄鬼！"樋口毅用右手手掌使劲搓了把脸。

"如果两个人写的内容不同，则视为答案不匹配。"小丑的声音听上去愉悦极了，"不匹配累计达到三次，则本轮游戏结束。嘣，GAME OVER！所以，请您务必多注意呢。不过请放心，我问的都是与二位直接相关的私人问题。"

樋口毅大声质问："私人问题是什么意思？"

"冷静点儿。"小丑摸了摸大大的假耳朵，"您和里美小姐在茫茫人海中相遇、相爱，昨天才刚刚举办过婚礼，我相信你们这样的新婚夫妇应该是最了解彼此的。只要心中有爱，答案必然匹配。以上内容您都听懂了吗？"

"懂个屁！我就没听说过这种蠢事。"

"啊，那可真抱歉呢。"小丑低下头，"默契游戏确实太简单了，导致您觉得有些愚蠢，这可以理解。不过没办法，游戏规则就是这样规定的，你们既然来到默契游戏中，就只能选择遵守。"

"你觉得我会陪你玩吗？"樋口毅本想一脚踢飞折叠椅，可惜椅子纹丝不动。原来椅子是被焊死在地上的，桌子也是如此。

"另外，还有一条对您二位有利的规则。您先坐下听我说，"小丑接着说，"你们有三次商量的机会，这个机会被称为'讨论'。若你们在游戏中有这个诉求，可以按下桌子左边的白色按钮，这样就可以和里美小姐通过扬声器对话了。我要提醒的是，只有双方都有这个诉求时，讨论才能成立。若其中一方按下白色按钮，另一方按下蓝色按钮，则无法进行讨论。又或者，虽然未按下蓝色按钮，但是没能在一分钟内做出回应，同样视为拒绝本次讨论。每次讨论的时长是三十秒，这个时间应该足够了。"

"听我说，"樋口毅在椅子上坐下，注视着对面的显示器，"你作为婚庆公司的员工，要完成雇主所托，而一旦接了活儿，无论如何都要完成，对此，我非常理解。但是，你有你的立场，我也有我的立场，你要设身处地为我考虑一下。"

小丑耸了耸肩。

"现在几点了？"樋口毅微微吐出一口气，"应该到早上了吧？我和里美必须在上午八点前赶到羽田机场，如果因为你的关系，导致我们最后错过航班，你打算怎么办，怎么负责？就算这个是惊喜小游戏，也太过分了，我现在只有惊没有喜。快把我们放出去，现在这种情况根本就是监禁，我甚至都可以报警。"

"您要怎么报警呢？"小丑的表情看上去非常认真。

"怎么报警……当然是打给警察。对了，我的手机在哪儿？快还给我！"

"您说的是这个吗？"

小丑笑嘻嘻地举起两只手。他的右手握着樋口毅的手机，左手握着里美的手机。

"现在明白了吗？您没有和外界联络的方法呢。您所处的房间确实有一扇暗门，可惜您没有办法从里面打开哦。"

"你这是在犯罪！"樋口毅愤怒地咆哮起来，"你把我和里美从酒店房间绑架过来，关在这里，难道觉得我会放过你，会当作什么事情都没发生过吗？我告诉你，我绝对不会善罢甘休。我不想说什么难听的话，你立刻把我们放出去。现在外面的人肯定都在找我和里美，总能有人找过来的。到那时我就报警，让警察来调查，来抓你。这样的风险——"

"这样的风险不存在呢。"小丑吐了吐鲜红的舌头，笑了起来，"我为您解释清楚吧。首先，两位入住的酒店，我已经办理了退房手续。其次，航空公司那边，我已经办理了退票手续。最后，巴厘岛的度假小别墅，我也已经联络对方说你们会晚一天到达。"

樋口毅崩溃地叫起来："不可能，你不可能做到这些事！"

"很简单的，一封邮件就可以搞定。"小丑安静地回答，"另外最重要的一点是，没有任何人在寻找你们。您和里美小姐的父母、亲戚、朋友以及同事，所有人都知道你们会乘坐今天上午十点的航班去度蜜月。想必两位的请假条早就交上去了，所以即使不上班也不会有人觉得奇怪。现在这个年代，没有人会特地来为一对度蜜月的新人送行，也不会有人没眼力见儿到这个时候还打电话联络。关于这些，您心里应该也很清楚的吧？"

樋口毅没有回答，因为现实情况确实如小丑所说。

"啊，当然，万一工作上出了什么突发状况，也不排除真有人会给你们打电话、发邮件。不过，这又有什么要紧呢。你们可是在国外度蜜月啊，当然有可能回复不了。蜜月蜜月，人生中最重要的旅行，会成为一辈子的回忆呢。我认为没有谁会来打扰你们的。难道不是吗？"

樋口毅从显示器上挪开视线，感到有一股郁闷的渣滓从身体深处翻滚着涌了上来。

难道说这不是恶作剧，自己真是被软禁了？如果是的话，对方的目的又是什么？

"我的目的就是游戏本身。"小丑似乎看透了樋口毅心中正在想什么，"我可以向您保证，只要您和里美小姐答案的不匹配数控制在两个以内，游戏结束后暗门会自动开启，你们可以随时从里面出来。游戏一共有十个问题，每个问题最多三十分钟，也就是说最迟在三百分钟即五个小时后，你们就可以恢复自由身。虽然说今天的航班是赶不上了，但无须担心，我已经为两位预订了明天同一时间的同一航班，还升级成头等舱了呢。您看，飞机票就在这里。"

小丑从胸前的口袋里掏出两张飞机票，摆在桌面上。

"让您的新婚旅行少了一天时间，关于这一点，真是万分抱歉。作为赔罪，我为两位准备了不少豪华礼物。您上厕所了吗？马桶后面有一个波士顿包，里面放着一千万日元的现金。"

樋口毅站起来往马桶的方向走去。确实如小丑所言，那里有一个小型的波士顿包。

"只要您和里美小姐在默契游戏中通关，这笔钱就会作为奖金发放给两位。毕竟新婚旅行一辈子只有一次，因为我的原因让它少了一天，我只能尽力做出小小的补偿。"

"这种钱不要也罢！快放我们出去！"樋口毅冲着显示器愤怒地吼起来，"里美在哪儿？她没事吧？我警告你，你要敢伤害她一根头发，我绝不会放过你！"

"在此之前，您先感受一下自己的身体，"小丑无所谓地耸耸肩，"有受伤吗？应该没有的。不管是对您，还是对里美小姐，在移动的过程中我都非常小心，保证没有磕碰。绝对不伤害参加游戏的贵宾，这是默契游戏的规则。"

樋口毅沉默着打开波士顿包，看到里面有十沓簇新的还带着封条的日币。

　　"另外补充说明一下，每次当您和里美小姐的答案匹配，我都会送出礼物；相应地，若答案不匹配，你们要接受惩罚。这些都是游戏的规则，还请理解。"

　　"我不要这些钱，是不是就可以了？你这个惊喜小游戏确实费了不少的心思，你自己或许还觉得很有意思，但在我看来，胡闹过头了。我不要求你负责，也不会再多说什么。所以，马上放我出去！让我见里美！"

　　"请冷静一点儿呢。"小丑扯起一个从容的微笑，"您二位因为相爱才结婚，在婚礼上宣读过誓言。您还记得那些誓言吗？"

　　显示器中的画面切换，出现了樋口毅和里美举行婚礼时的场景。摄像机镜头中，在众人面前许下庄重誓言的，不是别人，正是他和里美。

　　"今天，我们在各位亲朋好友的见证下，许下结婚的誓言。从今往后，我们将同心同德，互帮互助，齐心协力，彼此鼓励，共同经营好这段婚姻，不负对方所托，亦不负在场各位的信赖。特此宣誓。"

　　樋口毅和里美共同念完这段誓词后，又交替着许下对对方的承诺——

　　"我发誓：我，樋口毅愿娶里美小姐为终身伴侣，共享幸福与喜悦，共度悲伤与苦难，我们将永远信任彼此，相知相爱。"

　　"我发誓：我，田崎里美愿嫁樋口先生为终身伴侣，彼此体贴，互相帮扶，成为对方生命中无法替代的存在，成为相爱相知的夫妇。"

"精彩，太精彩了。"小丑戴着手套的手使劲拍打，"简直就是理想伴侣的典范，完美夫妻的榜样。请您挺胸抬头，不要惧怕，勇敢地去回答问题吧。我相信您二位的回答肯定都能匹配。"

樋口毅忍不住用手盖住脸："你到底想干什么？"

"默契游戏。"小丑回答道，"闲话不多说，现在就让我们进入默契游戏吧！请看第一问！"

一阵澎湃的小号声后，显示器上浮现出一行文字：

你们初次邂逅是在哪儿，什么时候？

△▽

里美蹲在地板上，用手背擦了擦眼泪。她的脑中一片混乱，完全不能思考任何问题。

眼前的显示器中，小丑还在继续说明什么游戏规则，可惜大半的内容都没能进入脑子。她不明白到底发生了什么事。

"默契游戏""匹配""不匹配""讨论"……这些词源源不断地从小丑的嘴巴里吐出来，他看上去愉悦极了，唇角两边还浮起白沫。不晓得是不是化妆的效果，里美不敢看他的脸。

她踉跄地在椅子上重新坐好，双手合十。

"求求你，不要再说了……谁来救救我啊！"

她一直哭泣，嗓子已经哑了。她想呼唤樋口毅的名字，结果呛得咳嗽起来，喉咙疼得厉害。

小丑无视了她的请求，继续讲解。因为恐惧和混乱，里美的头脑基本停止了思考的功能，好不容易才勉强抓住了几个要点。

对方似乎说，针对给出的问题，如果自己和阿毅的回答一致就算通过。每个问题最多有三十分钟的思考时间，如果使用"讨论"机会，自己就可以和阿毅商量，讨论只有三次。

"好，现在就让我们进入默契游戏吧！请看第一问——"

显示器上浮现出一行文字。

你们初次邂逅是在哪儿，什么时候？

"请确认是否要使用讨论机会。"小丑的声音穿过画面传了过来，"从现在开始一分钟之内，只要双方都按下桌子上的白色按钮，您和樋口先生就可以拥有三十秒钟的对话时间。如果其中一方按下蓝色按钮拒绝讨论，则分别思考各自给出答案。"

桌上的白色按钮开始闪烁，里美没有任何犹豫，非常用力地按了下去。

不为别的，她现在只想和阿毅说话，只想听到对方的声音，只想搞清楚对方有没有事。

白色按钮持续闪烁，她又接连按了好几次，突然亮光熄灭了。

"樋口先生按了蓝色按钮。"小丑说，"因此本次讨论不成立，请两位开始作答。在三十分钟内，将想到的答案直接写在答题板上并面向显示器即可。"

为什么？里美用手撑住桌面站了起来。为什么阿毅不按下白色按钮？

显示器画面一分为二，左边是问题，右边是数字。

数字从 30:00 变成 29:59、29:58……数字不断变化着，倒计时已经开始了。

里美察觉到自己再也压制不住内心的愤怒。她憎恨目前这个情况，憎恨小丑，还憎恨樋口毅。

阿毅为什么要拒绝和我讨论呢？他难道就不担心我吗？

愤怒压倒了其他所有情感，里美甚至忘记了恐惧。

她还憎恨这个问题。

怎么会有这般愚蠢的问题？为什么要问这种明摆着的问题？小丑是把我和阿毅当成傻子了吗？

我和阿毅的初次邂逅是在哪儿、什么时候，这种事情当然不可能忘记。

里美从显示器下方的小口子中取出答题板和马克笔，信心满满地填上了"新人入职仪式"。

阿毅比我早三年时间进公司，就读的学校也不同，在此之前我们没有见过面。所以，初次邂逅只能是在公司的新人入职仪式上。

永和商事每年录用约五十名新员工，统一在四月的第一个星期一举办入职仪式，地点在丸之内公司总部的大厅。按照规定，在总部上班的所有员工都需要出席参加入职仪式，一起欢迎新进员工。

四月第一个星期一的上午九点，从社长到一般员工，所有人无一例外地都要出席，阿毅自然也是如此。我就是在新员工入职仪式上和他初次相遇的。

里美看着写好答案的答题板，又划掉。

"邂逅"这个词，应该怎么理解，它意味着什么？

在永和商事本部工作的员工大约有两千人。这些员工随机进入大厅，坐在事先准备好的椅子上，但是每个人的位置并不是固定的。

我可以肯定阿毅当时是在大厅里，可不清楚他到底坐在哪里。他不过是两千人中的一个。

我进公司那年，新员工一共有四十八名。四十八名新员工全部站在台上，听到社长念到名字后走到前面领取铭牌和纪念品，这就是入职仪式。大部分公司的入职仪式差不多都是这样，而坐在底下的老员工总会看得津津有味，打量会有什么样的新鲜血液补充进来。

毫无疑问，那个时候阿毅肯定知道公司里新来了一个叫田崎里美的女员工。但是，这算得上是两个人的邂逅吗？

题目中所说的"邂逅"是指哪种情况？如果两个人交换过对话，能算邂逅吗？

我和阿毅第一次说上话，是在入职仪式后第二周开始的新员工培训过程中。

五月份新员工才会被正式分派到各个部门，在此之前统一归属于总务部，在公司各个部门中轮岗，学习、了解公司内的相关事宜。

每个部门的习惯不同，有些部门会教导新员工如何接打工作电话，如何与其他公司的员工交换名片等职场基本规则。营业部就是这样做的。

进入公司不久，新人们就听说了阿毅的光荣事迹。他作为优秀的年轻员工在营业部大展身手，光芒耀眼，大家都对他很好奇，甚至有不少女员工扬言要拿下这支"绩优股"。我嘴上虽然没有说什么，但内心也是很感兴趣的。

阿毅毕业于一流国立大学，进公司才四年，现在只有二十五岁，身高一米八二，一张脸可以媲美模特。

身为永和商事的员工，他的收入比一般白领自然要高上不少。能力极为出众，周围同事对他的评价也都很高。

新员工到营业部接受培训时，负责对接的正是阿毅。他带领大家参观营业部，风趣幽默地介绍同事们互相认识，办事风格轻松而细致。一圈下来，他是最令新员工有好感的培训导师。

阿毅最后问道："你们还有什么疑问吗？"

当听到这个问题时，我第一个举起了手，具体问了什么已经记不清楚，反正是某件无关紧要的事情。

我的目的是在阿毅心中多少留下点儿印象，仅此而已。

记得在营业部的培训结束后，还有同期女员工指责我太出挑了，但是那又怎样呢，现在回首再看都是美好的回忆。

那个时候，我和阿毅第一次认识了彼此，算是邂逅吗？

彼此认识并不代表彼此就有了好感。当时我还和大学时期的男朋友交往着，据后来了解到，阿毅当时也是有女朋友的。也就是说，在那个时间点我仅仅是希望阿毅记住我，并没有其他太深的想法。

两年前的四月调职到营业部后，我和阿毅才算真正意义上邂逅了吧。彼时，我们身边都没有另一半。

我被调到营业部的第一课，恰巧也就是阿毅所在的科室。在工作过程中，我强烈地意识到他的魅力。后来聊天时，阿毅说他对我也是同样的看法。

调过去后没多久，我们就正式交往了。所以，调到营业部算是题目中所说的"邂逅"吗？

初次邂逅是在哪儿，什么时候？这个问题可以有很多种理解方式，里美不知道应该怎样回答才算切题。

在同一个时间身处同一个空间中，就算邂逅？

还是说，要互相问候、交谈对话，才算邂逅？

又或者，双方都特别关注到对方，才算邂逅？

里美握着马克笔，无法写下任何文字。显示器上的数字从 15:00 变成了 14:59。

阿毅为什么要拒绝和我讨论呢？她抬起视线，看到白色按钮依旧是暗的。

△▽

显示器上的数字变成了 14:59。

这个问题太模棱两可了，樋口毅忍不住用拳头敲了一下桌面。

"这么情绪化的问题，你让我们怎么回答？"

没有人回应，只有显示器上的数字缓慢而执着地向零进发。

"不，我要冷静下来。"樋口毅小声地告诫自己。这无疑就是个恶作剧，不管是谁想出来的，甭管他有多么无聊，总不会一直把我们关在这里。

目前唯一可以肯定的是，只有完成这个游戏，设计这件事的人才会将我和里美放出去。正是因为明白了这一点，所以在第一问出来后没有按下白色按钮与里美进行讨论。

小丑看上去轻佻又放纵，一边开玩笑一边抖包袱，但仅从他的声音就可以判断出他对规则非常执着。在这个游戏中，必须严守规则。

而且从当前的情况来看，我也只能选择遵守规则。讨论的机会只有三次，异常珍贵，不能将它浪费在简单的问题上。

我当然是担心里美的，但根据刚才画面上看到的，可以确定她没有受伤。她骨子里是个坚强的性格，相信哭完后很快就能恢复冷静。

只穿着内衣内裤这一点，确实令人有些担心。不过联想到自己也是一样的穿着并且没有遭受什么不堪的事情，我相信里美那边应该也是类似的情况。在确认双方都安全的前提下，现在应该全力思考怎么尽快从这里出去。

在这十五分钟的时间里，樋口毅又仔细地检查了一遍整个房间，发现四面都是铁板，地面也是铁板，再怎么敲怎么踹，都不能给它造成半分伤害。敲击还会产生回音，可以确定铁板是双层的。

泛着红光的暗淡灯泡照亮天花板，天花板也是铁板制成的。

这里就是一座坚固的堡垒，并且确实如小丑所说，藏着一扇暗门，但是樋口毅无论如何都找不到。

他看到嵌着显示器的铁壁上有几道暗槽，把手指伸进去拨弄，没有起到任何作用。

每过几分钟，显示器上就会显现出正对着的里美的身影。从这一点可以判断出，显示器上装了摄像头。

里美那边显示器的相同位置上肯定也装了摄像头，她应该也看到了我的影像。

偶尔会出现一些从不同角度拍摄的画面，说明房间里其他位置上也装了摄像头。会在哪儿呢？在墙上的某个地方，又或者天花板的四个角上？

我可以从画面的拍摄角度大体推断出摄像头的所在位置，问题是我检查了一遍，愣是没在房间中找到。房间里太暗了，看不清，也没办法去检查那些角落。

除了摄像头，这里应该还藏着话筒和扬声器。

樋口毅一头雾水，无奈地摇摇头。作为给一对新人准备的惊喜小游戏，目前的情况显然太过分了，他打算出去之后投诉婚庆公司，同时心中却隐隐浮现出一个疑问：会有这么彻头彻尾、毫无破绽的设计吗？

婚庆公司为什么要做到这个地步？这样做有什么好处？

不说房间本身，单是那些设备就需要不少花费。马桶后面的钱更是真金白银，不是会为一个惊喜小游戏准备的数额。

不安像潮水一般涌上来，压下一波，又有新的一波。为了压制不安，樋口毅大声地叫喊："你到底是谁？！"

没有人回答，反而是一阵闹铃声响起。显示器上红色和蓝色不断交替闪现，数字1:00赫然浮现，只剩一分钟时间了。

樋口毅对答案本身丝毫不犹豫。

什么时候在哪里和里美初次邂逅，这种事情怎么可能会忘记？我觉得，出这个问题的人对我们的感情一点儿都不了解。

在进公司之前，田崎里美的名字早就传开了。根据人事部泄露——说泄露有点儿夸张，估计就是某个脑子活络的人事部职员故意放出来的消息，她是经营管理部馆山董事的外甥女，还是朱空大学的校园之花，而朱空大学一向以培养名媛著称。

在那届新员工入职仪式上，我第一次见到里美。她是那么漂亮夺目，其他人根本无法与之比较。

不过，那次不能称为邂逅。因为在里美看来，我只不过是公司本部两千个职员中的一个，她甚至不知道我的名字。

之后，大约五十名新员工在总务部的安排下统一在公司各部门轮岗。作为其中一员，里美自然也参加了。营业部的培训正好由我负责。但是，这也算不得邂逅。

公司里一共有二十多个部门，将近一百个课。在新人培训中发生的事情，里美不可能记得。

当年六月，她被正式分配到秘书课，之后在那里待了差不多四年。营业部和秘书课之间没有直接的业务往来。我们在走廊上碰见，最多互相点头打个招呼。这也不是邂逅。

我们是在两年前里美调到营业部后邂逅的。

樋口毅用马克笔在答题板上写下答案。

里美被分配到营业部第一课，我授命担任她和另外一名女职员的指导老师。之后我们开始了交流，我也逐渐对里美产生了好感。

交往后偶尔聊起这事，我了解到里美也是从那时起对我生出情愫的。所以，彼时才是我们两人的初次邂逅。

所谓邂逅，必然要有交流，要有接触。否则，一个人每天会在车站、车上与成百上千的人邂逅。从常识来看，那些不能被称为邂逅。

"还剩最后十秒钟。"小丑的声音再次响起，"如果已经写好答案，请将答题板面向显示器。"

"呵，你以为自己是皇帝吗？"

樋口毅听着小丑的语气简直令人作呕，将答题板对着显示器。

随着一声"时间到"，显示器画面切换，小丑出来了。

"两位都已经给出了答案，那么现在让我们来揭晓——"

显示器上又出现里美的身影。她的手中拿着答题板，目光左右游移。

看着她答题板上的文字，樋口毅闭上了眼睛。那上面写着"六年前的新员工入职仪式"。

"不匹配！好可惜呢！"

小丑拍着书桌，欢快地大笑起来。笑声持续了很久，一直没有停。

△▽

　　小丑拍着书桌，欢快地大笑起来；里美手里拿着答题板，脸色煞白；樋口毅脸上依旧维持着茫然的神色；三张面孔交替着在显示器上闪现。

　　"别笑了！"樋口毅把答题板狠狠地掷向地上，"你打算笑到什么时候？你的声音可真不好听，听着就让人生气。王八蛋，把嘴巴闭上！"

　　小丑换上一本正经的表情说道："失礼失礼。"

　　同时，樋口毅内心对里美的不满越发强烈。

　　怎么可能是六年前的新员工入职仪式？确实，我是在那时第一次见到里美的。毕竟她还没进公司就已经是话题人物，是个人都会对她好奇的。

　　但说到底也只是好奇而已，并不是说对她有了好感，想和她交往。

　　里美是怎么界定何时与自己邂逅的呢？或许我们曾在走廊中擦肩而过，但那绝对不能被称为邂逅。

　　我知道她是家里的掌上明珠，从小接受正统的名媛教育，性格上有着许多天真烂漫的地方。可再怎么说，也没想到她会给出这样的答案。

　　"真是万分抱歉呢，"小丑搅动鲜红的舌头，"该怎么说呢，在第一问中就出现答案不匹配，这是以前从未有过的情况……而两位又一直表现得那么有信心，我以为你们肯定是心意相通能给出一致的答案，结果这么出乎意料，所以忍不住就笑了起来呢。作为游戏的司仪，我的态度不够专业，会深刻反省的。"

　　"够了。"樋口毅正对着显示器，怒目而视，"你爱怎么想怎么想，我管不着，但是我现在有个问题。你不觉得你的题目有问题吗？"

"您指哪方面呢？"小丑歪了歪脑袋。

"问题问得太模糊了。"樋口毅怒吼道，"什么是邂逅，你没有给出确切的定义。每个人对邂逅的解释不尽相同，都有自己的理解，所以最后给出的答案根本不可能会一致。你的题目本身就乱七八糟不过关。"

"哎呀哎呀，"小丑的脑袋歪得更厉害了，几乎就要贴到肩膀上，看起来更像一个诡异的人偶，"您二位在结婚仪式上已经发过誓，誓言中说到要彼此爱护，彼此信赖，互相理解，互通心意。这些誓言难道都是虚假的吗？应该不是吧！"小丑继续保持着歪脖子的状态，双手使劲向两边打开，"我曾见过成千上万对情侣，可以说，在这之中您二位是最登对的。想必你们的爱情也会比其他所有人都要强烈、深厚、坚不可摧。你们的结婚宣誓中更不可能夹有半分谎言。您说对吧？"

"不用你来挖苦。"樋口毅的脸皱成一团。

"呵呵，失礼了。"小丑一点儿一点儿扳正脑袋，"当然，不管两个人的爱情是多么刻骨铭心，个人的思考方式多少总是存在差异。更何况一个是男人，一个是女人，不同的性别注定了完全不同的思维模式。我认为，现在通过第一问明确了这一点，对于您二位继续完成接下来的问题，反而是很有利呢。"

"你闭嘴。"樋口毅把身体转向一边。他现在很烦躁，不管是对小丑，还是对这个游戏，抑或对目前的状况，都烦躁极了。

"请允许我提一个忠告。"小丑是不可能闭嘴的，"在游戏开始时我就说过，讨论的机会一共有三次。虽然这样说可能有些失礼，但是按照目前的情况来看，我认为两位似乎有些轻视这个游戏了。"

"轻视？"

"'默契游戏'一词中带了'游戏'二字，二位若因此就觉得这只是个放松身心的娱乐项目，恐怕会不妥。词典中一般将'游戏'解释为游乐、玩耍的项目，然而究其语源，它是指通过战斗、狩猎获得猎物的意思。在战斗过程中要想获得胜利，什么最重要？作战方针。在每场战斗开始之前，作战人员应当共同讨论，制订好统一的作战方针才对。所以我认为，您和里美小姐还是认真地面对彼此、面对这个游戏比较好呢。"

在此之后，小丑不再说话。

"你让我怎么认真地面对这种无聊的事？"

樋口毅吼了回去，然而他的耳边只回荡起"接下来进入惩罚环节"的声音，同时天花板上的电灯泡熄灭了。

"十秒钟之后，显示器也将熄灭，您二位将会被囚禁在彻底的黑暗中。什么都看不见，想必会令人很不愉快吧。对此，我深表同情。"

随着这段话结束，显示器上的画面瞬间消失，整个房间被黑暗吞没了。

"你不要太过分！"樋口毅站了起来，结果腿磕到桌子上，痛得他不由得伸手去按膝盖，"喂，我有话说！你先把灯打开。你告诉我你到底想干什么？"

恐惧根本压制不住，宛如一种本能占据了他的身心，樋口毅一边竭力忍受着一边大声喊叫，可是没有任何回应。

"这样什么都看不见，还怎么玩默契游戏？我不管你的目的是什么，先把灯打开！"

他从椅子边走开，摸索着小心走动，探出的手碰到了墙壁。在伸手不见五指的黑暗当中，他仔细地摸索墙壁，发现哪里都没有缝隙。

"王八蛋，到底为什么？"他小声地自言自语，告诫自己一定要冷静。

自己现在之所以处在这个房间中，是被某个人关进来的，意味着这里肯定有进出的门。暗门就算是嵌在墙壁上的，也会有把手之类的东西。

他之前已经踹过好几次墙壁和地板了，别说损坏，它们连凹都没有凹一点儿，是真正意义上的铜墙铁壁。

原来不是恶作剧吗？假设真是如此，对方的目的何在？

樋口毅心中依旧没有头绪，睁着眼睛打量四周，然而他什么都看不见。

△▽

黑暗中，里美坐在椅子上，紧紧地抱住肩膀。身体一直在颤抖，怎么都停不下来。她成了恐惧和不安的猎物，整个人混乱而崩溃。

"把灯打开。"

她不知道自己尖叫了多少次，然而没有得到任何回应。不知道从什么时候开始，大声的尖叫变成了小声的呜咽，即使这样，她也没有停止下来。

　　她意识到自己现在处于呼吸急促的惊慌状态，于是尝试着缓慢地深呼吸，终于稍微平静了一些。樋口毅和父母的脸庞从脑海中掠过，但她知道现在不管向谁求救都没有用。

　　她小声地自言自语："第一问的答案就和阿毅的不一样，这是我的判断失误。"

　　应该再好好思考一下邂逅的定义。如果当时我能稍微注意，动一下脑子，至少不会陷入目前这个局面。

　　"邂逅"这个词，毫无疑问包含了"交流、交往"的意思。这是谁都知道的常识。

　　可是有什么办法呢？题目问得太刁钻了。它没有明确地指出邂逅是什么，那么答题的人必然会有各种不同的理解。难道不是吗？

　　而且，在这件事情上阿毅也有责任。正如小丑说的，在最开始的时候双方就应该讨论，就应该有商有量，互相沟通。

　　在目前这种情况下，不管怎样，都要先确认彼此的安危情况，而对话是确认的最快途径。即使只是听见声音，也能够让双方明白彼此的感受。

　　要是刚才进行了讨论，那么关于初次邂逅的时间和地点，就变得很明确，不可能会出现答案不匹配的情况。

　　我了解阿毅，知道他头脑灵活，作为生意人非常优秀。

　　因为讨论的机会只有三次，所以他认为不值得为了这么简单的问题而浪费其中一次，那样太低效太愚蠢了。

我当然不会认为他的这种想法是错误的。从成本与收益来计算，从性价比来考量，这无疑是正确的选择。

只是，一旦处于极端危险的环境中，冲动比理智先行，情感比计算先动。这才是人的本能吧。

难道说阿毅根本不担心我，根本不打算确认我有没有危险？

从画面中可以看到阿毅只穿着内裤，那么我在他眼中应该也是同样穿着。可以想象，阿毅醒来后就检查过自己的身体，比如有没有受到猥亵，有没有受伤，就像我做的一样。他一定是发现身上并没有受到伤害的痕迹，因而推断出我这边也没有受到伤害。现实情况也确实如此，我连一根头发都没有被动过。

可是那又怎么样呢？作为丈夫，担心才是正常的反应。

我深爱着阿毅，能与他共结连理感到无上的喜悦与幸福，然而内心深处还是藏着一丝不安。

阿毅不管做什么事情，总是先权衡利弊，计较得失，永远都是利益至上。

他以优异的成绩从一流大学毕业，进入公司后成为年轻一辈中的佼佼者，是毋庸置疑的精英。他将所有的事情都做得滴水不漏、完美无瑕，不管是领导还是同事对他的评价都很高。

可以说，他简直就是我心中最理想的男性。自从我们开始交往，就希望能有一天与他结成人生伴侣。他长相英俊，不管哪个方面都魅力十足，作为丈夫人选，再找不到比他更合适的人了。

只是，在非常偶尔的瞬间，我还是会介意他的这种完美。完美当然不是坏事，它正是阿毅的一大魅力，他完美所以才让人觉得可靠。心中虽然深深明白这一点，但在某个瞬间我还是不可控制地感到不安，它在我的心里晕成了一道怎么都擦拭不干净的墨迹。

阿毅做出了判断，认为没有必要进行讨论，所以没有按下白色按钮。我知道这是理性的、正确的选择，可在目前这种情形下我无法忍受。我迫切地需要听到他的声音。

"你没事吧？"我相信只要能听到阿毅的这句问话，自己就可以冷静下来好好思考。

然而……里美摇摇头。

不，没关系的，还来得及，阿毅肯定可以修复目前的局面。他应该已经意识到自己犯的错误了。

小丑说过游戏一共有十道题目，在黑暗中连在答题板上写下答案都不可能，所以这种情况绝对不会持续下去，肯定会再开灯的。现在，我只能等待。

里美用力地咽下唾沫，她现在需要光和水。

当她集中注意力开始思考后，身体终于停止了颤抖。

△▽

在完全的黑暗中，樋口毅逐渐失去了对时间的感知能力。一分钟变得如一小时那般漫长，而一小时又仿佛短暂成了一分钟。

他不知叫了多少次小丑，可惜一直没能得到回应。刚开始他的声音响亮有力，现在已经嘶哑得像一个七老八十的老头儿。

脑海中只有一样东西——水。他好渴。

婚宴二次会之后，樋口毅回到酒店喝了半瓶矿泉水，在那之后就再也没喝过任何液体了。

这个正方形的房间差不多就是个密室，没有安装换气系统。憋闷的空气令人感觉格外干渴。之前他确认过，抽水马桶也没有连接水源。

他很久没摄入水分了，却有尿意，已经摸黑撒过两次尿。

"饶了我吧……"樋口毅一屁股坐在地上，无意识地呻吟着。

过了一段时间后，寂静中再次传来小丑的声音。

"怎么样啊，您在默契游戏中玩得还愉快吗？好可惜呢，第一问的答案并不匹配。不过没关系，游戏还没有结束。也就是说，您还有挽回的机会。"

"停下，不要再玩了。"樋口毅抬起脸，"是不是我认输就可以？你现在这样根本就是非法监禁。如果你绑架我们是想拿钱，不管是我父母还是里美父母手里都还有些钱，我们的公司永和商事也会给赎金的。说个数，你想要多少？"

"没想到您会这么说呢。"小丑说，"非法监禁？绑架？哦，不。这种犯法的事我可不敢做，这只是默契游戏。"

"别开玩笑了！什么游戏是这样的？"

"呵呵，只要给钱就放人，那种游戏会有意思吗？"小丑啧了一声，"没有人会喜欢那种无聊的游戏。我再说一遍，请您听好了：我们的规则很简单，只要您和里美小姐在默契游戏中过关就可以出去，而且还能拿到豪华礼物和高额奖金。这么公平公正的游戏，世上再也找不到第二个了。"

"哪里公平公正了？"

樋口毅扶住椅子站了起来。一时间双方都没了声响。

"唉，我不得不承认，是我判断失误了。"小丑的叹息声沿着扬声器爬出来，在房间里流淌，"不管怎样，我以为您二位是我见过的最相爱的一对，我是真的没有想到你们会在第一问中就出现答案不匹配的情况。这是我的失误。所以，我有一个提议，您想听一下吗？"

樋口毅强压愤怒，努力咽下唾沫："你想说什么？"

"作为游戏的司仪，我在权限范围内给您和里美小姐五分钟的对话时间。您觉得怎么样？"

樋口毅还没回答，正对面的显示器突然亮起来，他本能地用手捂住眼睛。

一片黑暗中，里美的脸出现在画面上。光线其实并不强烈，只是习惯了黑暗的眼睛面对这点儿光源都觉得太刺眼。

里美应该是同样的感受，她挡着眼睛，不停地眨眼。

"请保持这个姿势靠近显示器。"与小丑声音同时响起的，是显示器下端盖子打开的声音，"里面放着无线电话，两位可以拿出来进行通话。"

樋口毅试着将手探进去，感受到一个硬质的块状物体。他拿了出来，发现是现在市面上非常少见的小型无线电话。

他毫不犹豫，马上按下报警电话。在第二次铃声响起时，对方接起了电话。

"救命！我叫樋口毅，是东京永和商事公司的职员，被不明人士绑架，我不知道现在在哪里，你们可以循着电波信号……"

"很可惜呢，"耳边传来的不是警察的问询，"您的做法没有半点儿问题。不管是谁，拿到电话第一个想到的肯定是报警。"小丑的声音中带着笑意，"这一点我们也想到了，所以特地关闭了无线电话的外线功能，它只能拨打内线哦。无论打给谁，接您电话的永远都是我。"

"那你给什么电话，直接用对讲机啊！"樋口毅觉得这是对方的恶趣味，他攥紧了手中的无线电话，"你就是为了看我们出丑。"

"并不是这样的。"小丑说，"一般的对讲机，有可能会被许多无关人士听到，而无线电话没有这个困扰。另外，如果您现在是想和我聊天，多久我都愿意奉陪，还是说您想跟里美小姐——"

"让我跟里美说话。"樋口毅把无线电话杵到显示器前。

"好的，按下'1'键您就可以和里美小姐通话。电话接通五分钟后会自动断线，还请您务必把握好时间。个人认为，对话贵精不贵多，最好直击重点哦。"

待小丑切断通话后，樋口毅的手指按在"1"键上，然后又闭上了眼睛。

等等，要冷静，先思考一下。

小丑说得对，五分钟的时间很短，如果不提前考虑好就贸然通话，只会无意义地浪费时间，一定要先整理出要点。

首先，要确认里美有没有事。

其次，要交换彼此的现状，问里美记得哪些事，有没有发现什么，总之要尽快找出有用信息。

这个时候，关于小丑是谁、自己被关在哪儿，都无所谓了。最要紧的事情是从这个地方逃出去，要想尽办法优先完成这个目标。

另外，还要商讨一下如何应对这个默契游戏。按照目前的情况来看，把游戏通关就是最快的脱身之道。

然后——

一阵来电铃声突然响起，樋口毅毫不犹豫地按下了接听键。

△▽

"里美。"

嘶哑的嗓音在耳畔响起。

"阿毅！"里美用尽身体里的全部力气大声回答，"这里是哪儿？现在是怎么回事？救救我，你快来救救我！"

"别慌，先冷静下来，"樋口毅安慰道，"你先冷静下来听我说。我也不清楚到底是怎么回事。你现在怎么样，有没有受伤？"

"没事，我没事。"里美竭力忍住泪水。

阿毅的声音听起来也很慌乱，他那边肯定也不好受。

"我通过显示器看到你了，你应该也看到我了吧？我们两个都只穿着内衣裤，是不是？"

"对。"

里美轻轻地点了下头。她可以感受到阿毅正在用强大的意志力尽力压下心中的恐惧，那么，自己也绝对不能拖后腿。她用右手塞住嘴巴，挡住试图冲出口的尖叫。

阿毅小声地说："我检查过这边的房间，每个角落都检查了。这是一个由铁板围成的近似正方形的箱子，没有窗。你那边呢？"

"一样的。"

"果然是这样。"樋口毅的声音更低了，"我估计这可能是运输货物用的集装箱。去年去迪拜出差的时候，我和资材部的同事一起去参观，看过类似的结构。其他你还发现了什么吗？有没有记起什么？知道我们是怎么被关到这里的吗？"

"不要问我这些！"里美终于忍不住了，尖叫了出来，因为恐慌，她的脸色苍白一片，"阿毅，救我，快救我！你在哪儿？我们为什么会碰上这种事？"

"冷静一点儿！"樋口毅的怒气也上来了，"现在不是说这些事的时候。我也只知道，那个小丑非常了解我们。我不知道他是怎么做到的，总之他把我们的酒店和机票都退了。听他的语气，应该不是在说谎。我敢打赌，对方不是一个人，而是团伙作案。表面上虽然只有小丑一个人，但背后肯定有很多人一起分工协作，一个人绝对不可能同时处理这么多事情。"

"你现在分析这些有什么用？"里美摇了摇头，"我按了讨论的白色按钮，你为什么不按？如果在回答之前我们能够好好协商，完全可以对好答案的。"

　　"那么简单的问题，有必要讨论吗？"阿毅似乎突然泄了劲，"小丑说过，讨论的机会只有三次。只有三次啊，里美。你要白白浪费掉一次宝贵的机会吗？"他干咳了一声，继续说道，"里美，听我说。现在，我们被软禁了。别说原因了，就连被关在哪里我们都不知道。要想从这里出去，只能想办法完成这个默契游戏。小丑说答案不匹配个数控制在两个以内，就把我们放出去。所以，我们现在能做的事情就是确保每次回答都一致。"

　　小丑的声音突然插了进来："还剩最后一分钟。"

　　"那怎么办？"里美尖叫起来，"问题本身或许很简单，但是他要求我们的答案必须一样，这不可能啊。难道不是吗？"

　　"只能一个人往另一个人的答案上靠拢。"樋口毅说，"我们是不同的个体，对同一个问题的感受和解释都不同，最后出来的答案必然也会不同。为了防止出现这种情况，只能将其中一人的思维方式向另一个人靠拢。"

　　"最后三十秒。"小丑的声音冷冰冰的，没有感情。

　　"我来向你靠拢。"樋口毅快速地说道，"你就根据你自己的想法去回答，我会站在你的角度去思考。明白了吗？小丑说每道题的回答时限是三十分钟，你每次都拖到最后写答案，然后趁多余的时间去寻找出口——"

"时间到。"

这句话响起的同时，两个人的通话被强行切断了。

里美大声呼唤对方的名字，可是再也没有人应答她了。她看到显示器中的樋口毅手里还握着无线电话，茫然地站着，于是又用力地去按"1"键，可惜再也没有接通。

显示器一度熄灭，之后又缓缓亮起。小丑的脸出现在画面中，宣告本次通话结束。

里美慢慢瘫坐在椅子上。

"您二位已经确认过彼此都没有受伤，还进行了对话交流。"小丑的脸上浮现出笑容，"之前确实是我判断失误了，因为过于相信两位，所以给出的问题不够明确，后面绝不会再发生类似的情况。不要摆出这么痛苦的表情嘛，您要积极乐观地参加这个游戏。太消极，是不会带来任何好事的。您只能积极思考，积极面对！"

"求求你。"里美两手合十，抵在额前，"别玩了。你这样做到底能有什么好处？至少给我点儿水吧。我太渴了，什么都思考不了。"

"我非常同情您。"小丑深深地点了点头，"然而这个世界那么大，有许多人比您痛苦多了。请您想想那些遭受贫困和饥饿的孩子，他们生活在肮脏的环境中，又或者疾病缠身。啊，还有在战火中挣扎的人们。而您，只是几个小时没喝水而已，不会死的。"

里美虚弱地说："我嗓子疼。"

小丑无视了她的诉求，无情的小号声再次响起。

"嘿,打起精神来。让我们进入下一个阶段,请看第二问!"

显示器上的画面又变了,一行文字浮现出来。

你们第一次约会是在哪儿?

这行文字在画面底端滚动出现,数字 30:00 被特写放大,占据了画面的正中间。

"现在进入第二问,倒计时开始。"随着小丑这声宣告,数字变成了 29:59。

倒计时再次开始。

振作一点儿,里美使劲捏了捏自己的手。

虽然时间很短,但好歹已经和阿毅说上话了。这段话接下来可以成为她的精神支柱。

正像阿毅说的那样,此时去考虑小丑到底是谁、为什么把我们关到这里、到底是谁设计了这个荒唐的愚蠢的游戏,都没有任何意义。现在不是想这些事情的时候。

目前能做的事情只有两件,一是自己想办法从这个房间出去,二是通关这个游戏让小丑把她放出去。

里美打算尽最大可能地好好探查一下这个房间。不,说房间不准确,应该说这个箱子,或者更准确地说——这个牢笼。

四面墙壁和地板都是铁做的,没有一丝缝隙。天花板很高,伸手够不到。

这里很牢固，折叠椅、桌子和马桶都被焊死在地板上，除此之外再无他物。目前看来，单凭我一个人的力量没有办法做任何事。

阿毅说他会调查房间，而这里似乎没有什么工具可以借助，要是能在墙壁或地板上找到一些裂口或缝隙，或许能从内部破坏。

只要能从这个牢笼里出去，就可以向别人寻求帮助。所以，现在只能寄希望于阿毅那边能发现什么。

我目前必须要做的事就是将这个游戏通关。

里美盯着答题板。显示器上散发的幽微光线，使她只能看清手边一丁点儿地方。

第一次约会是在哪儿来着，得赶紧想起来。

和第一问一样，关于约会的定义太模糊了，每个人都可以根据主观感受给出不同的解释。

里美不知道怎么回答才算是对的，不过已经看穿了默契游戏的意图——

每个问题都没有所谓的标准答案，这个游戏的要求，不过是两个人的答案保持一致。

她又瞥了一眼显示器：你们第一次约会是在哪儿？

这个问题不是很难，她点了点头。与第一问"你们初次邂逅是在哪儿，什么时候"相比，第二问已经大大限定了条件，对于回答方来说是有利的提问方式。

关于"邂逅"，个人根据自己的理解会给出不同的定义，而讲到"约会",则与参与双方本人的意志有着莫大的关系,甚至可以认为约会是某种意识的产物。

只要回想哪些时候两个人是当成约会在见面的就可以,而且题目问的是第一次约会,其实相当于划定了时间范围。在相应的范围内找出符合条件的答案,相对比较容易。

我只需考虑两年前调到营业部后的事情。恰好,关于那些事情我都记得很清楚。

确切地说,我是在两年又两个月前的四月一日被调到营业部的。营业部有五课,我被分配到其中的第一课,也就是阿毅所在的课。

当时,与我一起调过来的还有小一届的岛崎杳,我们一起跟在阿毅手下学习。阿毅大我三届。后来到了九月,我和岛崎出师,作为营业部成员开始独立负责一块业务。算算时间,我在阿毅手下连半年时间都没到。

第一个月,阿毅主要领着我们和合作客户见面。有时候一次就要认识差不多十个人,与对方互换名片,并且要当场记住对方的名字和长相。

和同时期调到营业部其他课的人比起来,我觉得自己运气很好。毫无疑问,阿毅是个体贴温柔的前辈。

他不会强制要求后辈加班,与合作公司的饭局酒局,也会看情况让我们两个女孩先离席回家。

他很照顾人却不会让别人感到负担,工作指令下达得也很清楚,做起事来十分灵活干脆。就是在逐渐接触了解的过程中,我被他吸引,变得越来越在意他。

要说具体是在哪个时间点沦陷的还真说不清，反正在调过来差不多一个月后，我发现对方已经牢牢扎在自己的心房中。

　　我之前是在秘书课工作，业务内容与营业部的完全不一样，所以需要学习很多新的东西。刚开始我和岛崎只能作为助理，每天帮阿毅处理一些事情。有时候工作晚了，三个人就一起吃完饭再回家。那当然不能算是约会。

　　当时，我和阿毅对彼此都有好感，并且隐隐约约地感受到了对方的心意。不过，考虑到两个人是同一个部门同一个课的，并且阿毅还担任着指导老师一职，无法贸然地就捅破那层窗户纸。

　　而且，就我自己来说，我更希望能快点儿熟悉业务，所以决定先将阿毅单纯地当作公司前辈看待。渐渐地，一块儿吃饭或小酌的机会变多，不过每次都是三人行，这已成为默认的前提。

　　但是……里美拿起答题板。

　　实际上，我和阿毅曾单独吃过饭。那是刚进入七月的一个炎炎夏日。

　　为了准备汇报用的材料，我们留下来加班，而岛崎有事先回去了。到了晚上九点才做好资料，我和阿毅一起走出了公司。

　　那次是我们第一次单独吃饭。

　　应该算是默契吧，阿毅邀请我去的是我喜欢的一家意大利餐厅。两个人都喝了些红酒，聊得很开心。

　　不过，那也不能算约会。里美拿着答题板摇了摇头。

　　当时我们只是聊了聊工作上的事情，也没有二次会什么的。我们在地铁站的检票口前分别，各自回了家。仅此而已。

只是临时起意吃顿饭，都没有事先约好，也没有说什么特别的话，不能称之为约会。

之后又过了一个月左右，阿毅在八月初终于约我出去。

为了抵御炎炎暑气，营业部全体成员去了啤酒屋聚餐。往回走时，原本走在前面的阿毅若无其事地靠了过来，问我这周日有没有空。直至今日，我还记得他在耳畔小声问询时，自己全身的毛孔瞬间张开了。

"有一部电影刚好想看。"樋口毅状似不经意地说道，"要是有空的话，一起去看啊。"

我有一瞬间的犹豫，然后小心翼翼地不让其他同事发现，轻轻地点了点头。没想到他约人的方式还挺老套，这个想法小小地在我的心里冒出头，不过更多的还是喜悦。

那个周日，两个人碰头后一起去涩谷看了电影。那次应该算是第一次约会吧。不管怎么想，第一次约会也就是那次了。

不过，那次我们只是看了电影。因为原本第二天要去札幌出差的阿毅因为对方公司的原因，临时改成了周日当天出发。他只能改签最近的航班，即周日傍晚发出。这直接导致我们甚至连喝一杯茶的时间都没有。

那天见面后，阿毅马上解释了这个情况，我想着这是工作原因也没有办法，对此表示谅解。不过，当片尾曲响起，看着阿毅飞奔出电影院的背影，我还是忍不住小声地说了一句："这不是约会。"

这次虎头蛇尾的约会成了后来我们交往后好几次吵架的根源。啊，比起吵架，或许该说是拌嘴更合适。

"你有时候很冷血。"我打趣他。

"没有的事。"阿毅辩解道。

——差不多就是这样的流程，我觉得这样的来往很有趣。

直至进入九月，才真正变成只有两个人的见面。那个时候，我也好，阿毅也好，都确定了对方对自己有好感。

刚好有其他部门的男同事来向我告白，我打着自己不知道应该怎么回复想和他商量的借口，把他约了出来——阿毅也知道这只是个幌子。

时值九月，秋老虎的威力还是很强大。我和阿毅一起去了美术馆，然后去了清吧喝酒，最终互相表白，确定了恋爱关系。所以，真正意义上的第一次约会，应该是这一次。

不，不对，不能想太多。里美用力地甩甩头。

阿毅邀请我一起去看电影的时候，我是在默认其为约会的前提下答应的。而阿毅收到通知调整出差计划是在周六，在他约我的那个时间节点是不清楚的，他也是当成约会才约我的。

所以，第一次约会应当还是那个时候。

可是……里美握着马克笔，又思考了一会儿。

在七月初两个人第一次单独吃饭时，我在内心里也把它当成了约会，并且非常希望能与阿毅互诉衷肠，希望他能够再约自己。

虽然没有提前约好，也没有什么特别之处，但是在那个时间点我是想要和阿毅在一起的。难道就不算约会了吗？

阿毅说他会站在我的立场上思考。那么，我是不是应该遵从本心，把那次当成第一次的约会呢？

不，不要想得太复杂！阿毅说过他会来配合我，他揣测人心的本事比谁都要高明。

而且，我也不是别人，而是他的妻子，我心里所想的，他一定能够全部描摹出来。因为我们是相爱的，我们比其他所有人都要了解对方。

没有必要迷茫，跟着感觉写就对了。那样，我们的答案肯定会一致。

"去涩谷看电影的时候是第一次约会。"

里美在答题板上写下这个答案，不过没有马上按下红色按钮。

现在阿毅应该正在寻找出口。为了给他多争取时间，自己要卡着点提交答案。

她把答题板倒扣在桌子上，安静地闭上了眼睛。后脖颈上不断有汗水流下。

△▽

出口到底藏在哪儿？樋口毅用手摸索着墙壁，在房间里转圈。

光源只有显示器上漏出的一点儿幽光，基本上什么都看不见。除了用手去触碰墙壁，没有其他任何确认的方法。

在摸索的过程中，他的大脑也没有休息，一直在不断运转。可以肯定，是好几个人一起设计弄出了这个充满恶意的游戏。包括小丑在内，至少有四五个人，甚至可能有十多个人。

这么推测的依据有好几个。

首先，他们把我和里美从酒店绑架到这里，这绝对不是一个人能够做到的事情。

其次，他们的准备工作非常充分，估计在酒店房间里的红酒、香槟，以及冰箱中的饮料，还有蛋糕和点心中都掺了安眠药。

确实，我和里美在婚宴和二次会上都喝了不少酒，有些醉意，但再怎么醉，也不会那般被睡意突然且彻底地控制住。

我本打算洗个澡再去睡觉的，结果连这一点都做不到。困成那个样子，只能认为酒店房间里所有的食物和饮料中都被加了安眠药。

只要说是帮新人的好友寄送礼物，他们就可以随意地进入房间把红酒和香槟提前备下。蛋糕和点心也是同理。

他们不能百分之百地肯定我和里美会喝酒或吃蛋糕。办完婚宴再参加完二次会，新人基本上都会十分疲惫，没有心情再喝酒，这是一般常识。而事实上，我和里美开了香槟，也只是抿了一点儿，红酒更是一滴都没沾。不管他们在酒中下的安眠药药效多强劲，也不可能让我们睡得那么熟。

所以为了稳妥起见，他们必然要在其他东西上动手脚。是人就会渴，渴了就会想喝水，尤其是在劳累一天之后，于是他们在冰箱中的所有饮料里都掺了安眠药。

这些听上去似乎很简单，可实际操作起来还是有不少困难。我猜测对方是事先买通了酒店，将冰箱中的所有饮料都调了包。

做出这个判断的依据是对方侵入了我们的房间。酒店的房间都是自动锁，门一旦关上就会自动落锁，没有钥匙不可能从外面打开。

那些家伙——不，应该称那些罪犯更合适——他们要么是有万能钥匙，要么是有备用钥匙，所以才能轻松地进入房间。只有酒店员工才能做到这一点。他们或许买通了某个酒店员工从旁协助，或许某个酒店员工干脆就是该犯罪团伙中的一员，从头到尾参与了这次事件。

接着，罪犯通过某种手段将睡死的我和里美搬出房间。有可能是放在大号行李箱中，这样即使在路上碰见人也不会被怀疑。

出了酒店后，他们是开车转移的，这一点我可以肯定。

不过，我目前所在的牢笼是个集装箱，这种集装箱很少会出现在闹市街头，也很难想象它会藏在某幢办公楼中。所以，我们现在应该是位于某处即使出现这种集装箱人们也不会觉得奇怪的地方，比如港口或资材存放处。

只是有一点，我无论如何也搞不明白：罪犯是如何将我和里美关进这个集装箱的？既然他们能把人关进来，说明这里一定有门，可是为什么我一直都找不到呢？

如果小丑没有说谎的话，我和里美只要在游戏中通关，就会被放出去。那么，他们要怎么把人放出去，从哪儿放出去？

樋口毅所在的营业部第一课主要和石油、天然气、煤炭等能源商品打交道，因为工作关系，见过很多类似的集装箱。他知道有些集装箱的厢壁能起到门的作用。

因此，他格外仔细地检查了四面墙壁。小丑说过这里藏着一扇暗门，有暗门就应该有缝隙，否则根本不可能打开。然而，他检查了无数次，始终没有发现哪里有缝隙。

到底是怎么回事？火气又涌上心头，他郁闷地踹了一脚墙壁，只换来脚趾的疼痛。

显示器上的数字变成了 9:59，这一轮只剩下十分钟时间。

"第一次约会是在哪儿？"

樋口毅看着这个问题，他深深体会到了对方的狡猾。

所有人都会觉得这是一个简单的问题。如果是朋友在酒桌上问这个问题，我和里美能够很快地回答出来，并且答案肯定相同。

但是，现状使得我们不可能做到这一点。处于如此极端异常的环境中，没有人能够用正常的思维去思考问题。

小丑这帮罪犯正是瞄准了这一点。他们把正常人置于高压之下，促使人崩溃，于是本来可以轻松回答出来的问题愣是被考虑得十分复杂，在经历九曲十八弯的重重考虑后给出一个奇怪的答案。

毋庸置疑，默契游戏的底色就是恶意，也可以说是恨意。对方只有怀着强烈的恨意，才会设计出这么扭曲的游戏。

扪心自问，实在想不出到底是谁对自己有着如此深重的敌意。

从小学到大学，我一直是班级中的中心人物，颇受欢迎。朋友多，交际范围也广，并且因为知道世界上有些人就是会嫉妒这种游刃有余的人，因此平时特别注重制衡，生怕一个不注意导致什么不好的结果。

更没有欺凌过谁。事实上我很讨厌欺负弱小的行径，也没有任何理由去欺负别人。

毕业进入公司之后也是一样的，我知道有些白领的嫉妒心很强，所以绝不搞个人秀，一直以团队利益优先。

在被分配到第一课两年后，我参与的项目获得了巨大的营业额。该项目已经推进了很久，一直不顺利，而这次能够打开新局面正是因为我提出的方案。

大家对此评价很高，不过我一直认为这只是某种新手运气而已，绝对不敢沾沾自喜说什么大话，或者抢占功劳。

之后的各项工作也都完成得很顺利，有时候碰上困难，凭着一腔热血就解决了。我很清楚，这些都是自己努力的成果，我既没有后台，也不是运气爆棚的人。

并且，我有自知之明，明白自己不会讨所有人的喜欢。或许是有几个人不喜欢我，但是实在想象不出哪个人的心中藏着如此强烈的恨意。

里美那边也是同样的情况。

她的父亲是某家主流银行的分行长，母亲以前是空姐。她家境优渥，长得又漂亮，从小被当成掌上明珠。

有些人可能会看不惯这样的大小姐，不过里美在人际交往方面非常有才能。她待人友好，对谁都是善良开朗的态度，因此朋友非常多，年纪大些的员工无论男女都很喜欢她。不管从哪个角度来看，我觉得都不可能有人会敌视她。

如果非要找一个理由，那只可能是因为里美是走后门进公司的。或许会有人因为这个不满吧。

有些人称我和里美的结合是俊男靓女的组合，甚至还当面调笑过，我每次都很好地圆过去了。

我想，眼红唏嘘的人可能有，但如果对方真有如此明确的恶意，我怎么着应该都会有所察觉。然而想了一圈，还是没有怀疑的对象。

啊，还剩最后五分钟。现在不要想别的，先考虑这道问题的答案。剩下的后面再考虑，后面还有时间。

樋口毅掰回念头。

第一次约会指什么，这要看我和里美对它的认识。

很少有情侣会明确说出"今天我们来第一次约会吧"，然后欢欢喜喜、甜甜蜜蜜地出门。不用言语就能互明某种心意，达到这种效果的才算是约会。

我和里美第一次单独吃饭，是某天下班后去的意大利餐厅。那时是七月初，里美调到营业部已经三个月了。

当时我对里美已有好感，但是这顿饭并非事先计划好的，而是因为另一位同事岛崎杏因私事先回家了而已。

吃完饭，我们就各自回家了。

一直等到后来确定要结婚，里美偶尔提起这事还说："咱们要是能早点儿交往就好了。我以为你当时会邀请我再去做点儿别的什么，结果你什么都没说。人家好伤心呢。"

"那你约我不就好了。"

"女人心，总是很微妙的嘛。"

这是不是意味着里美当时有想要约会的念头？

显示器上的数字变成了 2:40。

集中注意力！樋口毅拍了拍自己的脸。

又过了差不多一个月，八月初营业部全体职员聚餐，回家路上我邀请里美一起去看电影。我是当作约会发出的邀请，并且相信里美也理解了这层含义。

于是，我们一起去了涩谷看电影。按常规理解，这应该就算是第一次约会了。

只是那天突发意外，我从电影院出来后不得不马上赶往羽田机场。两个人都没能好好说上话。

那么，可以把它当作约会吗？

出差回来后不久，里美说有事和我商量，因此我们又见了面。也是在这一天，我向她表白了。

之后的那个周末，我特意约里美去美术馆看展览，去西班牙风格的酒吧喝酒，一直喝到接近地铁末班车的时间，还把她送到她家所在的千驮谷车站。

真正意义上的约会，应该是它吗？

小丑的声音响起："时间只剩最后一分钟。"

现在的问题是里美是怎么想的。一次是两个人一起吃饭，一次是两个人一起看电影，还有一次是互相表白确定关系后去美术馆看展，并在酒吧里度过了属于两个人的时光。

先不要考虑自己的想法，只要思考里美心中认可的第一次约会就好。

樋口毅使劲摇了摇头。他握着马克笔，心中无法做出判断。

十、九、八、七……倒计时快到尾声。

他咬紧牙关，将答案飞快地写在了答题板上。

△▽

天花板上传来一阵击鼓声。樋口毅举着答题板，注视着显示器。

液晶显示器中映出里美的脸，她手中的答题板上写着"涩谷的电影院"。

樋口毅的肩膀瞬间脱力，一道道汗水从鬓角淌了出来。

"完美！真是太棒了，不愧是如此相爱的一对。"画面切换，显现出正在鼓掌的小丑，"我说过的，默契游戏中的问题都不难。只要彼此足够相爱，不管是什么问题，都能得到一致的答案。您二位是我见过的最完美的情侣，我相信不管是什么问题，你们肯定都能心意相通，写下相同的答案。不管怎么说……"

"吵死了！"樋口毅用答题板用力地拍打地面，"我不想听你没有意义的胡言乱语。你尖锐的嗓音刺耳又难听，是故意的吧，就为了惹我生气？"

"怎么可能？没有的事。"小丑把双手举到面前，连连摆手，"我是真心佩服呢。您二位认识到刚开始时犯下的错误，有效地利用了通话时间，重新走到正确的轨道上来，真的很厉害。这全部都是因为爱。"

"这样冷嘲热讽有意思吗？"

"您有什么需要我做的吗？"

"把灯打开！"樋口毅吼起来，"这么黑，我们什么都……"

一阵小号声又突兀地响起。小丑一边说着"真默契呢"，一边叩着桌面。樋口毅不知道发生了什么，茫然地抬起头。

天花板上的电灯重新亮起，一个红色的灯罩落在地上。灯光不再是之前的红色，变成了普通的白色，整个房间变得清晰可见。

"精彩！"小丑又开始鼓掌，"您二位真是太有默契了，感动得我都起了鸡皮疙瘩，所以给您换了个灯光颜色，以示尊重。"

"等等。"樋口毅凝视着显示器中的小丑，"你在说什么？这话是什么意思，什么默契？刚才又没问问题。"

"我知道您在疑惑什么。"小丑吊起两边嘴角，扯出一个微笑，"别着急，请看这里。"

显示器上画面切换，又出现了里美的身影。右上角还闪烁着一个小小的"REC"红色字样，说明这是摄录的视频。

画面中，听到小丑问有没有什么需要，里美站了起来，大声要求把灯打开。她话音刚落，电灯就亮了。

"现在您应该已经明白了吧？"小丑再次出现，"我问有什么需要我做的吗，针对这个问题，您二位毫不犹豫地一致选择了开灯这个要求。完全一样的答案呢，按照默契游戏的规则，就视为匹配。对此，我表示衷心的祝贺，恭喜恭喜。这样就算完成了第三问。顺便通报一下，三道题目您二位一共用了五十八分二十二秒，创纪录了呢，是截至目前用时最短的一对。这也充分证明了你们之间的感情是多么深厚。"

樋口毅从折叠椅上起身，靠近显示器："我不知道你的目的到底是什么，不过没关系，我不在乎。我就问你，你是谁？"

小丑歪了歪脑袋。

"我不是在问你的名字，"樋口毅的手触到显示器，"反正你是不会告诉我你的名字的。我只想知道，是谁让你来做这件事的，你告诉我。"

小丑竖起食指，抵在嘴边，垂着头说："不好意思呢，我有保密义务。"

"开什么玩笑！"樋口毅手上用力，使劲按着显示器，"我知道，仅凭你一个人根本做不成这件事，应该有好几个人一起帮忙的。你后面有人吧？他们是谁，目的是什么？"

小丑的手指依然抵在唇间："真是相当精彩的推论。"

"你的意思是，你不能告诉我？"樋口毅坐回到折叠椅上，"那就算了。不管你们的目的是什么，现在总该差不多了吧？我承认，我很恐慌。里美也是一样的。我们很害怕，很不安。如果你们的目的就是恐吓我们，那目的已经达到了。"

小丑沉默着摇了摇头。

"你说过，你们不是为了钱。"樋口毅一瞬不瞬地盯着小丑的眼睛。

那是一双宛若玻璃球般空虚的眼睛，"但是，有些事情是可以通过钱来解决的。小丑，把我和里美放了，我可以付钱给你。这个房间里的一千万日币和里美房间里的一千万日币，全部都给你。"

"呵呵，两千万吗？"小丑转了一圈脖子。

"不，不止这么多。"樋口毅把声音压低，"之前跟你说过，我和里美都有些钱。就算我们自己的不够，两边父母和亲戚朋友都会借给我们的，公司也会借的。全部加在一起，五六千万还是有的。我会一次性全付给你，你把我们放出去。"

"永和商事的公司理念，你应该知道吧？"樋口毅继续说道，"公司的创业者耆田前会长留下遗训，'员工即家人'。这个理念延续至今。你虽然一直说这只是默契游戏，但事实上就是绑架。你把身为家人的员工绑架了，不管要求多高的赎金，公司肯定都会给的，永和商事就是这样的公司。而且，永和商事在去年取得了历年来最高的净利润。这可是一家大企业，底下有五百多家分公司。即使你要一亿、两亿的赎金，它肯定也会给的。"

樋口毅相信，不管是自己、里美，还是公司里的其他人，任何一名员工被绑架了，公司都会按照要求给出赎金。"员工即家人"，这一公司理念背后的含义和重量，他深有体会。

再说，公司二十年前收购美国 IT 公司，开发出搜索引擎 QUBE。它在最近的十年间取得了飞速发展，目前市面上的个人电脑和智能手机基本都会安装。在数年前，它已经与谷歌、脸书等所谓的 GAFA 并肩，创造出 GAFA+Q 的行业新格局。

永和商事并不只是一个综合商社，它旗下的集团公司永和 QUBE 已跻身通信行业，并以此为契机使得公司的信息部门得到迅猛发展。为了赎回被绑架的公司员工，即使要付出十亿日元，樋口毅相信也不会有任何问题的。

　　"不愧是永和商事的精英呢，"小丑用两只手使劲地拍打桌面，"谈判技术非常了得。这真是一次精彩至极的交涉。不过就像之前说过的，我不是为了钱，那种庸俗的把戏没有什么好玩儿的。"

　　"只要你肯去交涉，永和商事甚至可能会给你好几个亿。这对你来说是非常划算的买卖，你怎么就听不明白呢？"

　　"再次重申一遍，只要您二位在默契游戏中通关，就可以获得总共两千万日元的奖金，另外还可以享受机票升舱、酒店升级的待遇……"

　　"我从未说过我们想要钱。"樋口毅擦了一把额头上的汗，"头等舱，总统套房，这些都不是我们想要的。只要你把我们从这里放出去，我保证我们全部都会忘记。我们会当作什么事情都没有发生过，也不会去报警。"

　　小丑沉默着没有说话。

　　"怎样才肯放我们出去？！"樋口毅大声吼道，"你到底想让我们怎样？说过多少次了，不管多少钱——"

　　"我不能放你们出去。"小丑缓缓地摇了摇头，"这里是默契游戏。你们只有通关后才能出去，除此之外，没有别的任何办法。"

　　樋口毅靠向椅背，朝地板上啐了一口。

"那就别废话，快点儿出下一道题目吧！"樋口毅又忍不住骂了句脏话。

"哎哟，您可真粗鲁呢！"小丑皱起了脸，"不过不管怎么说，您愿意这么积极地参与默契游戏，我还是无比喜悦的。积极的态度可以召唤幸运。如您所愿，接下来就是第四问——"

突然，某处传来一阵欢快的铃声。

"哎呀哎呀，"小丑闭上一只眼睛，两只胳膊摊开，"这话我只跟您说，这个世界上确实存在着天然的差距。富人越来越富，穷人越来越穷，甚至堕向地狱。命运也是同理。幸运的人被幸运之神一次又一次地亲吻，不幸的人终其一生都没见过她的真面目。一个人的输赢在其出生时就已经确定，没有翻牌改变的可能。这到底是政治家该背的责任，还是——"

"你到底想说什么？"樋口毅打断了他的长篇大论。

"真不好意思，"小丑换了副口吻，"刚才响起的是好运题的铃声。您二位还真是运气好呢，没想到才第四问就碰到了好运题，按照这个趋势发展下去，后面肯定也会好运连连。简直令人羡慕。"

"好运题？这是什么意思？"

"YES 或 NO，二选一。"小丑回答道，"如果这都不算是好运，那什么才能被称为好运呢？你们即使不动脑筋，随随便便给出一个答案，匹配率也高达百分之五十。更何况，思考的时间有三十分钟，相当于白送分嘛。"

"只要回答 YES 或 NO 就可以，是吗？"樋口毅拿起答题板，"呵，我终于有了玩一玩的欲望。"

正如小丑所言，二选一的话，答案匹配率高达百分之五十。说它是好运题，倒也不算夸张。

"那么，请看第四问——"小丑尖锐的声音简直要掩盖掉小号的声响。

我曾不忠于对方。

△▽

"我曾不忠于对方。"

里美看着这行文字，念出了声。她的喉咙哑了，开始不停地咳嗽。

"请您保持冷静，不要慌。"小丑说，"没事吧？慢慢深呼吸。"

"给我一些水。"里美用右手按住喉咙，"求你了，一口就好，给我一口水……再这样下去我说不了话了。"

"您可太夸张了。"小丑微笑着，"您和樋口先生大约在十个小时前离开酒店，醒过来还不到一个小时，不可能现在就说不了话的。"

里美的声音破碎而虚弱："你想干什么？"

"默契游戏。"小丑挺起胸膛，"好了，让我们来看第四问。第四问是好运题。在此之前，您二位对我的服务多有不满，各种抗议，本着顾客就是上帝的理念，这次我倾情大回馈，将仔细地解释本道题目中关于'不忠'的定义。"

"……什么意思？"

"首先明确一点：游戏不问过去，即不考虑樋口先生和里美小姐两人交往之前发生的事情。"

"我听不懂你说的。"里美无力地摇了摇头。

"我会详细说明的。"小丑咧开嘴巴，"对您来说，樋口先生应该不是您的初恋吧。如您这般美丽的小姐若是之前从来没有和别人谈过恋爱，从某种意义上来说，才叫吓人呢。年轻、健康、漂亮的女性到了这个年纪还是白纸一张，在现代社会基本上是不可能的。"

里美按了按太阳穴，感到一股隐隐的疼痛在大脑内蔓延。

"我无意探究您在过去的恋爱中做过什么。"小丑说，"这道题目问的是您和樋口先生开始交往后发生的事情。你们在婚宴上说两人差不多是在两年前确定关系的，没错吧？在那之后直到今天，您是否曾不忠于对方，比如出轨什么的，第四问问的就是这个。很简单吧？"

"等等，"里美的手探向显示器，"自从和阿毅交往以来，我从来没有做过什么对不起他的事。当然，我以前确实和其他男人交往过，即使是那个时候……"

小丑摁响指骨，大大地叹了口气，一个年轻男性的声音混着杂音一起流泻了出来。

"……你问我信不信你？我当然信。可是……对，是因为里美。裕子，你知道的，我因为那个家伙遭了多少罪，心里有多苦。她看着清纯老实，结果呢，脚踏两只船。我相信你，裕子，我想相信你，但是发生了那种事情，我已经不再相信女人，所有女人。不是我管太多——"

"本多？"一个名字脱口而出。

"答对啦！"小丑点点头，"这位就是里美小姐在大二夏季至当年年末曾交往的本多诚一郎。后来他又与野岛裕子成为恋人，您刚才听到的正是他们在一次打电话时说的话。关于野岛小姐应该不用我介绍吧，是和您一起上语言班的朋友。"

里美无意识地咬着嘴唇。

"同年十月，您在与本多先生交往期间，与河村政贵发展成了亲密关系。"小丑接着说，"原本您该和本多先生一起过平安夜，结果临时放鸽子，转头与河村先生共度浪漫夜晚。根据我的粗浅认知，这毫无疑问就是出轨。"

"不，不是的。"里美用力地摇头，"我和本多交往后马上就发现彼此不合适，只是一直不知道该怎么开口……他认为我背叛了他，这个我可以理解，可我很早就给出信号了，暗示我俩不合适，不能长久。"

"哦，男人永远都是迟钝的生物。"小丑扮出一副哭泣的面孔。

"你听我说！"里美的两只手用力地攥在一起，"我不否认与河村见面的事，可我们只是一起吃吃饭、喝喝酒，没有做别的什么。如果你说这就算出轨，那么女人干脆别和恋人以外的男人说话了！我问你，什么是不忠？哪些算不忠？"

"您的说话方式变粗鲁了呢。"小丑提醒道，"不管您与河村先生之间发生过什么，都说明不了任何事。只是要说您二位之间清清白白，什么都没做过，还是很难让人相信的。正常女孩会放正牌男朋友的鸽子，去和一个关系好的纯男性朋友单独一起过平安夜吗？会特地去高档浪漫的意大利餐厅吃饭，吃完后直接去酒店吗？"

"那是……"

"没有某种特殊的约定，这是不可能发生的。"小丑的声音变得严肃又郑重，"以上并非我个人的判断，而是一般意义上被界定为不忠的行为。"

"我和河村约会时，已经和本多分手了！"里美的声音尖锐高亢，就像某种金属划过玻璃的声响。

"您别恼火。"小丑说，"我没有半点儿要指责您的意思，也不认为不忠就是犯罪。有时候这种事情是会发生，它是青春浓墨重彩的一部分。现在，请您仔细思考第四问的含义。"

"含义？"

"再次重申，题目问的是您和樋口先生交往后发生的事情。我也不是在做什么道德审判，您有或没有出轨过，对我来说没有任何差别。重要的是您二位给出的答案能否匹配，只有这个才是重要的。"小丑的语调快活得令人厌烦。

"你等等。"里美向左右两边看看，"……为什么本多和裕子的电话会被录音，你在监听他们？"

本多和裕子是在大学快毕业时才开始交往的，不到一年就分手了。据裕子说，分手原因是本多管束过多，让她感觉无法呼吸。

也就是说，这是五年前发生的事情。可为什么小丑会有这两个人当时的电话录音？

"难道……难道这个默契游戏和本多有什么关系？因为他恨我……"

"本多先生已经回到老家富士当了公务员，"小丑说，"更多信息恕我无法告诉您。不管怎么说，这是一道好运题，接下来我继续为您说明不忠的定义。说起来，您觉得什么样的行为算是不忠呢？"

里美把脸扭向一边："我不知道。"

"这样啊，"小丑点了点头，"每个人的理解不同，给出的答案自然也不同。有些人认为，与异性说话、发短信或者在 LINE 上聊天就算是不忠于恋人。无论男女，有一些人的占有欲总是特别强烈。"

"我不这么认为。"里美说，"阿毅和别的女人说话，我不会介意。他也一样，他一直说就算我和别的男人说话也没关系。我们彼此相爱，彼此信赖。我有异性朋友，他也有异性朋友。有时候，我们还会因为工作关系逢场作戏……但那是工作，怎么可能因此发脾气，又不是小孩子！"

"您二位都是非常优秀的成年人呢。"小丑不住地点头，"您说得很有道理，只是我有些好奇。如果樋口先生和其他女性单独出去喝茶，您会怎么想？他在下班后又或者周末，和其他女性单独见面呢？他们吃饭喝酒的时候，坐在同一把椅子上呢？走路的时候手牵着手，感觉对了，还来个法式深吻呢？啊，要是更进一步呢？"

"阿毅不是会做这些事的人。"里美的声音很低，"我也一样。只要理由正当，我会和其他男性单独喝茶、吃饭——当然，在此之前肯定会先报备，也不会和别人牵手。我不认为这是不忠于对方。至少在我这里，这不算。"

"您或许是这样认为的，"小丑用手挡住嘴巴，似乎想要藏住笑容，"只是，您知道樋口先生内心是怎么想的吗？啊，我又说了蠢话。您说过您和樋口先生彼此理解，互信互爱来着。呵呵，我再问下去就是瞎操心了。"

里美的脑袋疼了起来，听着小丑的声音，她甚至想吐。

"有些事情还是需要当事人自己思考，"小丑说道，"我已经充分履行了讲解义务，接下来进入第四问的思考环节，时长三十分钟。请您慢慢思考。"

小丑的身影消失，显示器上浮现出熟悉的倒计时：30:00。

"他当我是傻子。"

里美紧紧地攥着手里的马克笔。

△▽

"不忠……吗？"樋口毅抬头看着天花板。

这个问题太蠢了，蠢得他都生不出怒气来。

记得在大学时，有一天我在半夜突然被当时的女朋友捶醒，原因是她梦到我和其他女人眉飞色舞地交谈。女朋友一直哭到早上，不断质问："你为什么要出轨？"呵，只是梦中发生的事情，也能当成出轨，世上就是有这样的人。

学生时代大家到底都单纯憨直，可现在不管是我自己还是里美均已步入成年人的社会。我们合作的客户很多是异性，有时候还会两个人单独讨论或者一起吃饭，交换私人的联络方式更是现代商业的惯例，没有人会认为这些是不忠于恋人的行为。邮箱也好，LINE 也罢，抑或 SNS，各种通信方式都要交换。

在脸书上点个赞，就算出轨吗？当然不会有人蠢到这么认为。

小丑说用"YES"或"NO"来回答"我曾不忠于对方"这个问题。

不管不忠的定义到底是什么，也不管在现实生活中是否有过不忠于对方的行为，没有人会承认自己曾干过不道德的事情。这意味着，第四问的答案只能是"YES"。

里美应该会做出相同的判断吧，樋口毅甚至觉得都没有思考的必要。确实，这是一道名副其实的好运题。

他看向显示器，发现时间还剩二十八分钟。不知道该如何高效地利用这段时间，于是他先站了起来，再次打量四周。与之前的红色灯泡不同，现在的白色灯泡明亮许多，将整个牢笼照得一清二楚。

正如猜测的一样，这是由集装箱改造而来的房间，也可以说是一个边长十米左右的正方体密室。墙壁都是厚实的铁板，在没有工具的帮助下，没有人能在这里凿个洞出来。

樋口毅又仔仔细细地打量每个角落，还是没有发现小丑说的暗门。一间没有出入口的密室，听起来颇像某本廉价推理小说的设定。他怀疑其中某面墙壁是可以打开的，因为有些集装箱为方便搬运汽车等大型物件，就是这么设计的。

樋口毅捡起放在地上的无线电话。小丑说不管按哪个电话号码，最终接起电话的都会是他。这会是真的吗？

樋口毅在折叠椅上坐下来，盯着手中的电话，脑中突然想到自己的手机。

那次，里美看到我和奈奈的聊天记录了吧？如果看到的话……

他拿起答题板，手微微颤抖。

如果里美看到了的话，那得再好好想想答案。

樋口毅双手交叉在胸前，看着显示器上的数字变成了 19:50。

△▽

其实，我知道阿毅外面有人。

和阿毅确定关系大约是在两年前，九月初的一个高温天。

我从九月开始正式作为一名销售人员独立负责相关业务。这时，其他部门有个男同事向我表示好感，于是我约了阿毅出去，咨询该怎么回复对方比较好。

结果阿毅说："里美，做我女朋友吧。之前我是你的师傅，不好开口挑明，其实我一直喜欢你。"

这个过程听起来很梦幻，就像言情小说上写的一样，实际上是打过底稿的。我利用了那个对自己有好感的男人，设局让阿毅来表白。这样，我们才谈起了恋爱。

从恋爱之初，我就是奔着结婚去的。阿毅虽没有明说，但我能感觉出来他也是同样的想法。从某种程度上来说，有过恋爱经验的人总是能轻易感受到这种微妙之处。

一个月后，我第一次留宿在阿毅家里。晚上，我们双双坦承了以往的恋爱经历。

我说了我的初恋是在小学五年级，后来上高中、大学直至进入社会，一共有过四段恋爱史。阿毅说他从初一开始谈，先后交往过七个人。

事实上，我之前一共与九个人交往过，若算上一夜情什么的，数量还要再多点儿。

阿毅也是一样，他肯定不止和七个人好过，至少超过十个人。之前，我从其他男同事口中听过他这方面的事。

我们说好要坦诚，不说谎话，但都清楚那不过是表面上的漂亮话。有些交往对象是无论如何不能告诉对方的，还有些交往对象是压根儿没有必要告诉对方的。关于这一点，我们可以说是半斤八两，不去触及正是作为成年人的基本常识。

我们想要确认的，只是在当时这个时间节点自己的恋人还有没有和前任联系。因为是以结婚为前提的恋爱，这一点必须明确。

我和阿毅拿出手机，当着对方的面将相关人员的联络方式都删除了。我们都没有保留前任联络方式的习惯，我之前只留了两个人的，阿毅留了三个人的。

然而，正是从这时起我感觉到了某种异样。它类似于一种女性的直觉，没有根据也没有证据。知道了，就是知道了。

我知道阿毅在向我表白时，其实还有别人。我没有挑明，是因为不想破坏两个人的关系。

他应该是打算和那个女人分手后才和我交往的，只是听说有其他男人抢先向我告白，所以才提前挑明了。

我这么告诉自己，并且认为阿毅会很快和对方断掉，所以没有多说什么。

我想和阿毅结婚。他长相英俊，是永和商事中的"绩优股"，大家对他的评价都很高，甚至有传言说他已经成为未来的董事候选人。这样的人，我怎么可能会放手呢？想想都不可能。

在那之后，我们经常出去约会，一起度过周末。两个人都习惯了对方在自己身边，阿毅有时候会把手机随意地放下就去洗澡，我有时候也会一个人先去睡觉。

注意到一个叫奈奈的人在 LINE 上发来信息，就是在那个阶段。

阿毅的手机在锁屏状态下会直接蹦出 LINE 新信息，我偶然地看过几次。有时候半夜里，伴随着一阵微弱的声响，躺在旁边的阿毅的手机屏亮起。那都是奈奈的 LINE 信息。

"毅，下次什么时候再见？"

"周三我老公出差……"

"毅，昨天好高兴哦！"

类似的信息我看过许多次，并且知道奈奈已经结婚，年纪比我大。

即便这样，我也什么都没说，一是因为坚信阿毅最终会选择和我共度余生，二是因为阿毅并没有回复对方信息的意思。他打算冷漠以待，时间一久那个奈奈自然会分手。这是成年人分手常用的招式，我自己也用过。

如果我和阿毅摊牌，挑明奈奈的事，只会破坏我们的关系。那才可怕呢。

彼时，我已经装着无意的样子将自己和阿毅的关系与身边的人公开。我告诉父母、姨父说自己正在和一个男的谈恋爱，跟同期的女同事则再三叮嘱"你绝对不可以对别人说哦"。

"你绝对不可以对别人说哦"等同于"你可以和任何人说哦"，这句话背后的意思，所有女人都懂。

于是，营业部自不用说，同期所在的其他部门中很快也传开了这个消息。周围有人来向阿毅确认这件事，他都爽快地承认了。

之后，阿毅带我进入他的朋友圈，我们之后的进展迅速且顺利。交往不到一年，阿毅就向我求婚，我自然也答应了。很快，我们又向双方父母、领导同事以及朋友们报备了这件喜事。

在这样那样的过程中，奈奈的信息再也没有发来过。她和阿毅的关系结束了。一切的一切，正如我所预期的进行着。

真要计较起来，在我们刚谈恋爱的一两个月时间里，阿毅确实还与奈奈有联系。他脚踏两只船，毫无疑问是不忠于我。

不过那又怎样呢，我装作没察觉的样子，扮演了一个什么都不知道、稍微有点儿迟钝的女孩。于是，就变成了阿毅没有出轨过。

现在，有两个问题。

里美看着答题板。

我发现了奈奈的存在，这件事阿毅实际上已经知道了吧？

以及，阿毅知道我出轨的事吗？

△▽

那真是个失误。

樋口毅坐在折叠椅上，手肘支在桌面，用右手手掌抵住额头。

在和里美谈恋爱前几个月里的一天，我换了手机，导数据、办相关手续需要四五个小时。我本来是自己在操作的，就跟大多数人一样，导到一半没了耐心，最后直接让店员帮我全盘操作。

等到全部手续办完走出手机店时，我才发现店员帮我设置成了锁屏状态下邮件内容和 LINE 信息会在屏幕上显示出来。因为该设定便于查看信息，所以我没有特地改回来。

在那之后不久，公司里的一位前辈在家里举行派对，我受邀参加并认识了奈奈。她是那位前辈的妻子，眼角眉梢微微吊起，散发出一种独特的成熟风韵。

派对的其中一个环节是在场所有人员互加 LINE 好友，就这样我和奈奈有了联络方式。本以为只是派对上的一面之缘，没想到几天后她就发了信息过来。

她说关于她的老公有事要与我商量，想要见个面，我自然清楚这不过是个借口。见面后具体的事情我记不清了，总之，那天我们发生了关系。

这是我第一次和有夫之妇发生关系，一想到对方是公司前辈的妻子，心中莫名地生出一种兴奋。

想必奈奈也觉得兴奋吧。前辈比我大了十岁，估计已经无法满足她，于是她狩猎某个年轻男人，纵享一时之欢。

只是我没想到这不是一夜情，之后我们仍时不时地见面——当然并不是交往，说穿了不过是各取所需而已。

很快，我厌倦了这种关系。

九月初，里美约我出去，说有男生想要跟她交往，问我应该怎么回复。

当时我和奈奈还没分手，不过我知道分手只是时间早晚的问题，再加上我本来就想和里美结婚，所以没有任何犹豫，当场告白了。

我马上就要跨入三十岁大关，而立之年也该定下来了。环视周围众多的女性，只有里美有资格成为我的人生伴侣。

在里美进公司之前，我就已经听过很多关于她的消息。她大学时是校园之花，上过好几次时尚杂志。可以说，从一开始她就非常惹眼。

而且，她的姨父是公司董事会的成员，田崎家和永和商事的创始人嵜田家更是远亲。

无论是从外貌、教养还是从家世来说，里美都是人们喜欢和欣羡的类型。把她作为结婚对象，再理想不过了。

自从她调到营业部，我就觉察出她对我也有好感。我明白所谓其他男生的告白不过是一个借口，想推我再往前进一步，也觉得无可厚非。

之后，我和里美开始交往，很快双方都想到了结婚。

我本就是以结婚为前提提出的交往请求，也很早就听说过里美很想结婚。

因此，当我发现里美故意将我们的恋爱关系泄露给公司里其他女员工时，我没有阻止。身边有同事偶尔起哄说我们最近交往过密，我顺势坦率地承认了我们的恋爱关系。

里美说她父母想见我，我马上安排时间去拜访。我还领着她和我大学时代的朋友们见面。当然，里美那边也是一样。双方都以结婚为目的，有着共同的目标，所以事情进展起来会比较快。

唯一和预想中有出入的就是奈奈。

和里美确认恋爱关系后，我很快就约了奈奈见面，想要一刀两断，从此再也不来往，但是奈奈没同意，说还想再继续一段时间。我看到她眼中闪烁着危险的光芒，也不知道该说什么。

如果强行分手，奈奈很可能会自暴自弃，干脆向前辈摊牌和我的事吧。我以前和这类女人交往过，知道她们都是地雷，不能轻易踩踏雷区。

前辈是个老实人，但这种事关系到男性自尊，我也无法想象他知道后会发生什么。而我，绝对不容许有任何风险。

所以，解决办法只有一个，就是慢慢地和奈奈拉开距离。

我决定从此之后再也不主动联系奈奈，如果奈奈联系过来，不马上回复，或者干脆不理。

相信奈奈发现我总是要一天后才回复她的信息，就能明白我的决心。毕竟她已经是个三十四岁的成年人。

之前我和奈奈每周见一次，在做了这个决定后，变成一个月才见一次，或者干脆不见。她打电话过来，我不再接；即使见面，随便敷衍几句也就离开了。

我想这样冷处理上三个月应该能达到我想要的结果，而事实证明差不多就是如此。只是，这导致了一个问题：在那三个月的时间里，我同时和里美与奈奈保持着关系。

其间，我和奈奈见过几次面，每次都上了床——成年人嘛。毫无疑问，这是对里美的不忠，要说是出轨，确实也算出轨。不过我认为只要里美没有发现，那一切都相当于不曾发生过。

我没有跟里美说起过自己和奈奈的关系，不过有好几次把手机放在桌上就离开了。

二十四小时贴身带手机是不可能的事，而且带着手机去冲澡或者上厕所，那才会引起里美的怀疑。

在公司里也是一样。有几次我和领导讨论完事情回到座位上，看到手机屏幕上有来自奈奈的 LINE 信息。

里美的座位就在我的旁边，她可能已经看到跳出来的信息。而且，她的指纹可以解开我的手机，密码也知道——作为一对相爱的恋人，手机密码肯定要提前报备。

她应该不会偷看我全部的 LINE 信息，但如果信息第一句话就是"下次什么时候再见"，我相信是个人都会好奇发信息的人是谁。

我以前没有想太多，现在有些后悔，应该早点儿改掉锁屏状态下跳出信息的设定。只因为觉得麻烦就没有改，这真是一个巨大的失误。

如果里美真的发现了奈奈的存在，那她会认为我出轨了。

问题来了：我应该在答题板上写"YES"吗？如果她已经知道我做的事，写"YES"后两者匹配的概率会高很多。

另外，还有一件事……

樋口毅盯着空白的答题板思考。事实上，还有一个更加严重的问题。

里美在外面乱搞的事，我知道。

△▽

9:55。显示器上的数字显示本轮思考时间还剩不到十分钟。

阿毅知道我和别的男人上床了吗？

里美幽幽地吐出一口气。

说实话，在阿毅向我求婚的瞬间，最初涌上心头的不是惊喜，而是某种终于尘埃落定的安心感。

我当然不可能大度到不介意奈奈这个女人的存在，不过在我和阿毅恋爱两三个月后她就没再发 LINE 信息过来，所以就算了吧。质问阿毅对我不会有任何好处，而且就算我自己，不是也没有向阿毅彻底坦承过去吗？关于他和奈奈的事，只要忘记就可以。

我一直是这样想的。只是，在接受阿毅的求婚后，我们与双方父母、公司领导和相关亲友报备了结婚的消息，一步一步迈向婚姻的殿堂。在这个切实的具体的过程中，他和奈奈的事数次涌上我的心头，就如在心底泛起腐朽恶臭的渣滓，令人难受。

阿毅之前到底有过几个女人，对此我不想纠结，但是我觉得他既然向我表白了，就不应该跟别人不清不楚。

从阿毅的态度可以看出来，他和奈奈之间的感情并不深厚。说穿了，不过是一场肉体交易。

既然这样，他不应该和奈奈彻底了断后再和我开始吗？

我意识到在这场交锋中自己吃亏了，这个想法一旦冒头就怎么都按不下去。或许，这是某种婚前恐惧症吧。

今年二月，大学时的前男友听说我要结婚了，发来恭喜的短信。此前我已经删掉了他的联络方式。

我回了一句"谢谢"，这是社交礼仪嘛，不过又跟了一句"你记得送我结婚礼物哦"。写下后半句话时，我的心里其实带了点儿其他念头。

就这样一来二去，我们发了几次短信，两周后见了面。晚上，我跟阿毅报备说大学时的好朋友要帮我庆祝结婚，实际上是去外苑前的意大利餐厅和他单独见面。

这是毕业六年后我们第一次再见，说不怀念是假的，所以我喝红酒的速度比平常快了不少。

之后，我们又去了以前常去的南青山的酒吧。直到这时，我的记忆都是清醒的，从起身转往第三个地方后，才彻底断片了。

等我再睁开眼睛，是在圆山町的爱情酒店里，时间已经过了晚上十二点。

我把在旁边打鼾的前男友敲醒，打车回了自己家。在出租车里，我看到阿毅打过一个电话，发了三条 LINE 信息。

他没有留言，LINE 上也只是问我玩得愉不愉快，让我不要喝太多了。看着这些内容，一声叹息不由得溢出了口。

我马上在 LINE 上回复，说之前气氛太热烈没有看到信息。阿毅看到回复后也没有再说什么。

第二天上班后，我发现阿毅的态度没有任何不同。虽说我们的婚礼就在四个月后，但也不能在公司里黏黏糊糊的，这是公司内员工结婚的基本礼仪之一。所以，一切如常。

他下午要出差，结束上午的会议后直接去了东京车站。

中午，我和部门同事在员工食堂吃午餐。这时坐在隔壁桌的一个前辈说："里美，昨晚好像看见你了，你是在青山吧？我和大河内、樋口三个人本来在公司加班，被课长一个电话召唤去表参道喝酒。他和塔利亚石油的董事在一起，我们想着最好还是走一趟，就打车过去了。中途在青山大道上等红绿灯时，正好看到你进了一家非常时髦的店。"

"嗯，昨天和大学时的朋友一起喝酒来着。"

我回答，声音和以往一样，只是冷汗从后背一道道流了下来。

"年轻真好啊！"

前辈这样说完后，就转头和其他同事聊起来。我再也尝不出嘴里的蛋包饭是什么味道了。

如果前辈看见了我，那一起坐在出租车里的阿毅应该也看见了我。他知道我和其他男人搅在一起了吧？

前辈口中时髦的店就是我和前男友去的那家酒吧。此前我在意大利餐厅已经喝了很多，站都站不直，必须要人扶着才行。

从餐厅去酒吧，一路上我不是牵着前男友的手，就是挽着对方的胳膊。那进酒吧时是什么样的？我只记得是前男友帮我开的门，具体的记不清了。

很有可能我们是手牵着手一起进去的。万一阿毅看到了这一幕，该怎么办？

我不可能去问公司前辈，问他有没有看见我和一个男的在一起。同样，我也不能去问阿毅。

等红灯最多就几十秒时间，或许阿毅并没有看见。即使他真看见了，估计也只是瞬间的事。那么短的时间里，他不一定能发现什么。

我拿出手机，检查阿毅昨天是什么时候给我打的电话。晚上九点十一分。我和前男友六点半在意大利餐厅碰面，算起来，应该是在九点前后前往酒吧。

阿毅在这个时间点给我打电话，是因为看到我了吧。眼看着自己的未婚妻和别的男人手牵着手进了酒吧，任何男人都不可能无动于衷。

我跟阿毅报备说自己要去见大学时的朋友，话里话外都暗示了对方是女性，阿毅也是这么认为的。

不过没关系。朋友嘛，可以是复数，我只要说聚餐的以女性朋友为主，也有男性朋友，就可以敷衍过去。我只要说自己喝醉了，有个男性朋友扶住了我。对，我只要这样说就可以了。

希望是我杞人忧天。阿毅的直觉一向敏锐，他或许会从表情、气氛中发现某些东西，然后再去做某些事。

可是……

我一边戳着午餐套餐里的沙拉，一边寻思。

阿毅不也是有其他女人还向我表白吗？那是多么不诚实的表现啊。而我和他的性质不一样，我压根儿没有和前男友上床的打算，只是感觉到了，并且喝醉了，都不能算是我的责任。

唉，万一阿毅真追问起来，我该怎么回答？那几天我一直在思考这个问题，谁料想他根本没提一句。

阿毅去福冈出差待了三天。在这三天时间里，他和往常一样在LINE上和我聊天，给我打电话，我也如往常一样回复他。

他是在周六回来的。那天我去东京车站接他，他笑着说："不好意思，忘了给你买明太子。"他看上去没有任何异样。

然而事实上，他发现了我和别的男人上床——明明再过四个月我们就要举行婚礼了。

同时，我也发现了他脚踏两只船——明明已经与我确定了以结婚为前提的恋爱关系。

我们都清楚对方的不忠行为，又默契地装作什么都不知道。

我们装作什么都不知道，许下一生的诺言，举办了婚礼，接受了来自父母、亲戚、朋友、同事们的祝福。

"我曾经不忠于对方。"

显示器下端滚动播放着这行字。

我出轨过，阿毅也出轨过，所以答案是"YES"。

可这是默契游戏，游戏中没有所谓正确的答案，只有两个人的回答保持一致才是正解。

小丑说，"YES"或"NO"，二选一。

小丑还说，这是好运题。

这怎么会是好运呢？里美擦掉泪水，这分明是两个极端的选择。

我该怎么回答？阿毅又会怎么回答？他明明看见了自己的未婚妻和别的男人搂在一起，却什么都没有说。

直至今日，阿毅也没有提过半句关于那天晚上的话。这，或许就是成年人的默契吧。

莽撞的责问只会令双方深陷泥沼，万一在当时把事情闹开，我们甚至会落得解除婚约的下场。

不管是双方父母，还是朋友、同事，他们都已经准备好了祝福我们这对新人。眼看着婚礼就在四个月后举行，根本不可能捅破任何事。

再说，这算不上真正的不忠，不过是肉体的放纵。谁都有过类似的情况，只要当作什么都不曾发生过就好。

然而，此时此刻在这个房间里不得不直面这道二选一的题目时，被诘问的就是事情的本质。只要与恋人以外的异性发生了关系，就是不忠。

并且，双方对此都心知肚明。

那么答案只有一个——YES。

里美抬起头，看到显示器上的数字变成了 00:49，已经没有时间了。她左手拿着答题板，写下答案。

"最后十秒钟。"

小丑的声音再次响起。

△▽

"五、四、三、二、一、零！"

最后一个数字与小号声同时响起。

樋口毅擦了擦额头上的汗水，注视着显示器，上面只有数字00:00。

里美的答案会是什么？

"现在请两位将答题板面向显示器，"小丑欢快地说，"让我们来揭晓答案。这次会是匹配吗？"

"闭嘴！"

樋口毅愤怒地将手中的答题板面向显示器。显示器中里美的脸上露出不安的神色，也慢慢地将答题板举了起来。

"恭喜恭喜！完美匹配。"小丑鼓起掌来。

樋口毅看到自己和里美的答题板上都写着"NO"，长长地吐出一口气，瘫在了椅背上。

"我没有出轨过，里美也没有。"他保持着这个姿势，大声地说，"不要再问这么显而易见的愚蠢问题。你不知道我们才办完婚礼吗？

我们是因为相爱才结婚的，怎么可能会做对不起对方的事。"

"您说得很对呢！"显示器上画面一转，又出现了小丑那张脸，"我说过这是好运题，相当于娱乐节目中的送分题。不管事实是什么样的，您二位都只能回答 NO……"

"屁个事实！"樋口毅直起身子，"我们不曾不忠于过对方，也可以发誓以后一辈子都不会干这种事。你能不能出点儿像样的题？这种题我都提不起兴致好好回答。"

"您可真有挑战精神呢！"小丑拍了拍手，似乎非常钦佩，"不愧是大公司里的精英员工，跟我这种人思考问题的层次都不同。您渴望挑战更高难度，不断尝试直至成功，就像您在生活中所做的一样。所谓人生赢家，就是像您这样的吧。"

"你别废话，赶快出下一道题目。接下来是第五问？"

"是的。"小丑吐了吐鲜红的舌头，"不过在此之前，请允许我送上一份小小的礼物，作为对两位在第四问中成功匹配的奖赏。"

显示器旁的墙壁上打开一个口子，里面装着一个瓶子。

水！樋口毅的喉咙条件反射地发出一声巨响。

"一瓶含税价值一百日元的矿泉水，"小丑微笑着，"它还没有牌子，却是您现在最想要的东西，不是吗？"

樋口毅从椅子上站起来，快步冲向墙壁，伸手就想够那瓶水，结果感到一股钝痛。和显示器一样，这个口子外也嵌着防护玻璃。

"怎么回事？快把水给我！"

已经有好几个小时没喝过一滴水了，他的喉咙干渴到极致。他迫切地想要这瓶水，这瓶水的价值在他眼中超过其他所有东西。

眼前躺着一瓶水。

他的喉咙又发出巨响，手指上的痛楚越发明显，似乎肿了。看来防护玻璃非常厚，不可能把它打碎。

"你太无耻了，快点儿把水给我。要怎么做才能打开？"

樋口毅用力地去推了推玻璃，可惜玻璃纹丝不动。右、左、上、下，不管向哪个方向使劲，他都不能移动玻璃。

樋口毅咒骂着："王八蛋！"

与咒骂同时响起的是小丑的声音："接下来请看第五问。"

现在只有一瓶矿泉水，您愿意把水让给对方吗？

"开什么玩笑！"樋口毅的喘息声愈加慌乱，"这根本不能算问题，而是在考验人性！"

小丑没有说什么，只是耸了耸肩。

"你太卑鄙了！"樋口毅用拳头敲打玻璃，"现在不管是我还是里美，喉咙都渴得冒烟了，根本没法再忍耐下去。这是身体的本能需求，和爱情啊、体贴什么的没有半毛钱关系。我们想要活下去，必须有水。这种情况下，你让我们怎么办？你到底想干什么？！"

"默契游戏。"小丑回答道，又伸长手去够桌上的矿泉水并打开盖子，"我没有考验您或者里美小姐人性的想法，只是想看看你们给出的答案是否匹配，仅此而已。"

小丑的喉咙发出声响，一口气喝下差不多半瓶水。一滴水从他的嘴角流了下来。

"求求你，放过我们……"

樋口毅没有犹豫，跪了下来。

△▽

幸好刚才写了"NO"。

里美看着显示器中樋口毅的答题板，叹了一口气。冷静下来仔细想想，其实两个人都只能回答"NO"。

我与阿毅都在交往期间和其他异性发生了关系，并且两个人都发现了对方的不忠行为。

然而，时至今日，这个事实是不可能承认的。我们已经结婚，即使说出真相，也不会发生任何改变。

小丑称这是默契游戏，不管他是单纯地恶作剧，还是提前设计好开的玩笑，又或者绑架、监禁，最后总归是要将我和阿毅放出去的。

出去后，我们的生活还要继续。一旦承认自己曾有过不忠行为，这段夫妻关系恐怕会很快崩盘。怎么可能因为这样的事情，在我们的完美人生中留下丑陋的伤疤呢？

这样一想，答案只能是"NO"。承认自己出轨过，那没有任何意义，也没有任何好处。很多时候，诚实的回答并不见得就是正确的。

人，都会说谎。"NO"这个答案，甚至都称不上是谎言，我们只是没有说出真相而已。而且，这是为了双方好。

阿毅也会这样想。所以，第四问的答案必然会匹配。

啊，先不管那些，得先弄到水喝。

里美抬起头盯着那瓶水，它就放在伸手可以够到的地方，可是被厚厚的玻璃挡住了。

现在只有一瓶矿泉水，您愿意把水让给对方吗？

"卑鄙。"里美喃喃道，"你是在考验我爱不爱阿毅吗？你想说如果爱，我就该把水让给他喝吗？"

小丑没有说话。

"在目前这种极端环境中，是不可能的。"里美摇了摇头，"我和阿毅什么都不知道就被你关在了这里，肯定会陷入恐慌。我们现在什么都思考不了，又要怎么去为对方考虑呢？"

小丑歪了歪脑袋。

一颗颗泪珠又从里美的眼睛里涌了出来："你或许会说相爱的人肯定彼此谦让，但那只是你的一厢情愿，是你站着说话不腰疼。你站在我们的角度想想，现在根本无法想到那些。"

"这不是考验您二位是否体贴、有没有牺牲精神的问题，"小丑一口喝干了瓶中的水，"您似乎误会了。这只是默契游戏。我已经再三声明过，游戏的目的很简单，就是使您二位的答案保持一致。只要您二位彼此相爱、互相理解，就一定能够给出相同的回答。为了达到这个目的，或许需要你们为对方考虑，但那是次要的。"

"你告诉我，你到底想干什么？"

"我已经重复好多遍了，默契游戏。"小丑又搬出那套说辞，"请您听好，默契游戏中的题目既不困难，也不诡异，不需要特殊的知识、经验或资质才能回答出来。现在这第五问也是二选一的题目，YES或NO。即使是幼儿园里的小朋友，也可以回答。您还能在世界上找出第二个这么公平的游戏吗？"

"哪里公平？一点儿都不公平！"里美用手掌抹掉眼泪，"如果不是在这样的极端环境中，我也可以轻松地回答出YES或NO，但现状根本不允许，不是吗？"

"这个嘛，我也不好说……"

"和刚开始说好的根本不一样！"里美尖叫起来，"你说过，答案不匹配才惩罚我们，答案匹配就奖励我们。刚才我们的答案是匹配的，完全有权利享受奖励。"

"按照一般逻辑来看，五百毫升的水确实只能算一个微不足道的奖励。"小丑伸出一根手指，"可是对现在的你们来说，它比同等重量的黄金还要宝贵，您说是吧？这么宝贵的礼物，当然不能因为一次的匹配就轻松给你们。而且我并没有说过，每次答案匹配都会赠送礼物。礼物与下一道题目直接关联，这也是游戏的既定规则，难道不是吗？"

里美用力地咬住牙关："规则都是你们定的。"

"这个世界的真面目就是如此。"小丑说，"支配默契游戏的是我们，因此，所有玩家都只能根据我们的规则参加游戏。即使是在现实生活中，政治、经济、法律，不管哪个领域也都是一样的道理。人们只能在既定规则中做出最大努力，尽量生存下去。"

"您看是不是该开始了？"小丑脸上浮现出一丝笑容，"思考时间依旧是三十分钟。您现在可以开始思考了。"

画面切换，数字 30:00 再次浮现出来。

△▽

现在只有一瓶矿泉水，您愿意把水让给对方吗？

显示器正中央是数字 29:11，底下滚动播放着第五问的题目。

答案只有一个。

樋口毅握紧了手中的马克笔。

答案只能是把水让给里美。

虽然小丑否认了，但是他明白默契游戏的目的就是确认自己和里美的爱情，想来里美也明白了这一点。所以，两个人的答案肯定可以匹配上。

只是有一点还不明白：假设真的只有一瓶水，而答案又匹配上了，那么这瓶水到底会给谁呢？

可以给里美。这和所谓的爱情、体贴或者自我牺牲精神都没有关系，只是单纯地从身体条件来说，自己还可以再忍耐一阵干渴。

一个人身处密闭空间中，其精神压力可想而知。这里没有窗，没有空气流动，会越发令人觉得憋闷。恍惚中，四面墙壁仿佛又靠近了一些。

樋口毅知道这是因心理压抑产生的错觉，但不可否认，他们现在确实处在极端环境中。高度紧张裹挟了身体，让人生出想要尖叫的欲望，为了压下这股欲望几乎花光了他所有的精力。

可以想象，一个大男人都是这样的状态，里美应该会更痛苦。此时若能喝上一口水，精神压力就能减轻许多。

算上这个问题，一共还剩六道题目。万一里美不能保持冷静，导致双方给出的答案不一致，则不用别人动手，我们自己就能吓死自己。

从这个意义上来说，把水让给里美，也是为了我自己。无论如何，我们一定要从这里出去。为了达成这个目的，最佳策略就是把水让给里美。

以上种种，我已经考虑得很清楚，只是依旧有一股不安在心中流窜。算算时间，大概还要两三个小时才能结束游戏。在那么长的时间里，没有水，我能坚持下去吗？

第五问的答案反正已经想好了，没有必要再去思考。思考时间还剩下二十八分钟，还不如去找水。

樋口毅站了起来。

之前已经确认过马桶不能冲水，可若说非要在这个密闭空间中找到一个可能有水的地方，那只能是厕所。再彻底地调查一番吧，搞不好能找到什么线索。

在白色灯泡的光照中，可以很清楚地看清四周，他发现天花板和墙壁上装着好几个摄像头。

是的，小丑及其身后的那些人正监视着他和里美的一举一动。此时此刻的举动必然也会落入他们的眼底，不过没有关系。

樋口毅直接朝房间角落里的厕所走去。马桶很结实，没有马桶盖，马桶圈似乎可以拆下来。虽说塑料不够结实，但搞不好能派上什么用场，于是他用两只手拽住，左右使劲一拧。一阵钝响，马桶圈被拆了下来。

塑料马桶圈自然不能破坏这些铜墙铁壁，不过万一有人进来，还是能够当作武器。樋口毅暗暗点了点头。

其他还有什么能用的吗？

他环视四周，发现只有一整卷放在地板上的卫生纸，以及装有一千万日币的波士顿包。除此之外，再没有其他东西。

实在不能理解小丑及其背后那些人的意图。要设下这么大一个圈套，需要花费许多精力、时间和财力。小丑还说默契游戏已经举行过不止一次，这是第四届。如果他没有撒谎，那么我和里美是参加挑战的第四对情侣。

前面已经有三组人参加过这个游戏，那游戏举办方是如何清理厕所的呢？总不可能说前面三组人中没有一个上过厕所的。会不会是小丑他们从外面带水进来冲洗？

樋口毅仔细端详手中的马桶圈，发现它没有半点儿污渍，可以肯定是全新的。这能否说明每次举行默契游戏，这些人都要重新准备集装箱，重新安装设备？

一阵不安涌上心头，他已经无法压制。每一次都是全新来过？

樋口毅找不到答案，能肯定的只有一点，那就是厕所周围没有水。

胸口的怒气越聚越多。

为什么我会碰到这种事情？我到底做错了什么事，非得受这种罪？

不，不能被打败，我要发现更多的线索。

他走到对面墙壁前站住，发现为了安装显示器防护玻璃，墙上留了一道很窄的缝隙。或许能通过这个拆下防护玻璃。

樋口毅把手探进缝隙，用力往外拽，可是玻璃没有移动哪怕一毫米，最后食指的指甲还脱落了。

他绝望地跪下去，发出小兽一样的呜咽声，一滴滴鲜血从指尖滴落。

△▽

某个瞬间，里美看到樋口毅出现在显示器上，按着右手，跪在地上。虽然听不见声音，但能看出他在哭。

阿毅受伤了吗？

"求求你，求求你，让我和阿毅说话！"里美可以肯定是发生了什么事情，大声叫喊起来，"你对他做了什么？那是什么……血？"

"我什么都没做呢。"显示器上的小丑平静地开口，"不管是通过哪种形式，我从未对两位采取过暴力伤害的行为，今后也不可能会有。

这一点我可以保证。"

"但是阿毅受伤了！"里美指着显示器，"他是手流血了，还是手指？你对他做了什么？"

"呵，从这句话中我感受到了您对樋口先生浓浓的爱意。"小丑点点头，似乎无比满意，"您二位果然是最完美的一对。能够参加默契游戏的，只有少数挑选后合格的人，考核标准之一就是情侣之间必须深爱。没有爱情，就不可能给出相同的回答，就不能享受到游戏的快乐。"

"求求你啊，快让我和阿毅说话！"里美用手拍打显示器，"至少让我确认一下他有没有事。你不能否认，我已经全部按你说的做了。一次，一次就好，你不能什么都让我听你的，也要听听我的要求！让我和他说话！"

小丑歪了歪脑袋说道："我可以认为您是要求使用讨论的机会吗？"

"讨论？"

"是的呢。"小丑歪着脑袋点了点头，"在游戏开始时，我就已经向您和樋口先生说明过，你们总共有三次讨论的机会。第一次的通话不算，目前你们还剩整整三次机会。所以，请确定您现在要使用一次讨论的机会吗？"

"可是……"

"也许这是我多管闲事，不过我要提醒您，在接下来的过程中讨论会变得越来越重要。"小丑终于摆正了脑袋，"你们只有三次机会，您确定需要使用一次宝贵的机会仅仅来确认您的伴侣现在有没有事吗？您认为这值得吗？请不要嫌我啰唆，我得再次声明——我并未对樋口先生使用过任何暴力手段。"

里美喊了起来："我不管是讨论还是什么，总之让我和阿毅通话！"

"那么请您按下桌面上的白色按钮，"小丑说，"如果樋口先生也按下白色按钮，那么接下来就进入第一次讨论时间。限时三十秒。请做最后确认。"

里美狠狠地按下白色按钮，简直想要砸碎它。天花板上垂下的灯泡，变得更亮了。

Discussion 1

第一次讨论

"时间暂停。"

随着小丑这句话，显示器上的倒计时停在了 14:31。

樋口毅按着右手食指，抬起了脸问道："怎么回事？"

"里美小姐要求行使讨论的权利，"小丑的语速很快，"请问您是否接受？您可以接受，也可以拒绝。另外需要声明一点：您与伴侣讨论时说的话有可能会成为后面游戏中不利于两位的素材。请在您充分理解以上内容的情况下，选择是否按下白色按钮。一分钟之内，如果不作答复，则视为您拒绝本次讨论。"

"为什么？"樋口毅站了起来，"发生了什么事？为什么里美要讨论？你们这些人对她做了什么？"

小丑用两只手掩住嘴巴说道："我不认为我有回答这个问题的义务呢。"

看着小丑做作的样子樋口毅不由得怒火中烧，但是不知道该怎么办才好。是接受讨论，还是拒绝？根据现有信息，他完全不能做出合理判断。第五问的答案已经确定，只要里美理解了目前的状况，就应该写下"YES"。所以关于答案，没有任何讨论的必要。

那么，里美为什么要在这个时间点提出要讨论？

"还剩五秒钟。"小丑开始最后的倒计时。

樋口毅几乎被这个声音胁迫着，按下了白色按钮。

"每次讨论只有三十秒钟，时间非常短暂，给您和里美小姐一分钟时间准备。我认为你们最好梳理一下思路，想想要说什么比较好。"

樋口毅有些疑惑："梳理？"

小丑无视了他的问题，继续说："虽说可以自由讨论，但两位如果直接交流答案，那我会即时停止本次讨论，并重新给出题目。请问听明白了吗？另外，讨论时只能听见声音，不能看见对方。现在距离本次讨论开始还有最后一分钟，在此时间内，第五问的思考时间将暂停，请您安心并慎重地思考到底要说什么内容。"

讨论时长只有三十秒钟，必须整理好思路，归纳好讨论的要点。那么，现在哪些事要重点关注？

首先得确认里美有没有事，其次要交换有用信息。

一分钟的时间转瞬即逝。蜂鸣器响起，里美颤抖着呼唤樋口毅的声音从扬声器中传了过来。

"里美，你还好吗？"樋口毅大声问，"有没有事？受伤了吗？他们有没有对你做什么？"

"阿毅，你是不是手受伤了？出了什么事？"

一瞬间，两个人的声音交织在一起，使得彼此都无法听清对方到底在说什么。

"冷静点儿！"樋口毅吼道，"你刚才说了什么？怎么回事，为什么要在这个时候使用讨论的机会？"

"我在显示器上看到你按着手，"里美回答道，"我看到你指尖流血了，没事吧？"

"我去挖墙壁，结果指甲剥落了，就这样。你呢？有没有挨打什么的……"

里美哭着喊道："我很担心你！"

显示器上显示出数字"10"，说明本次讨论只剩最后十秒钟了。

"里美，你有没有发现什么有用信息？"

"我们早就被盯上了，"里美说，"小丑他们把我大学时朋友的电话录音了。为什么，阿毅你说为什么啊？是有人嫉恨我们吗？"

"其他还发现了什么吗？"

"小丑说我们是在十个小时前被搬出酒店的，"里美叫道，"但我不知道这是真是假……"

蜂鸣器响起，通话被强制结束。再次出现在显示器上的小丑宣布时间到。

"请问感想如何呢？自从上次通话后，您时隔两小时再次听到了里美小姐的声音，应该很有感触吧？"

"无耻。"樋口毅瞪着小丑，"你监视着我们所有的行为，知道我的指甲剥落了，故意把我流血的样子给里美看。"

"您在说什么呢？"小丑把脸转向一边。

"看到自己老公流血，不管是谁都会担心！"樋口毅怒道，"你是故意用这种事情浪费我们一次讨论的机会，太不要脸了。"

"这只是一个巧合。"小丑坦坦荡荡地睁眼说瞎话，"在此之前，您二位不也能时不时地看到对方的身影吗？我确实知道您的手指流血了，但绝对没有故意把这一幕转给里美小姐看。先不说这个，您和里美小姐已经确认过彼此的安危，这回该安心不少了吧。"

"呵，你难道是想让我说谢谢吗？"樋口毅狠狠地踹地板。

"我当然没有这个意思。"小丑脸上浮现出一丝微笑，"话说回来，第五问的思考时间还剩十四分钟三十一秒，现在重启倒计时程序，请您慢慢思考。时间很充足呢，不是吗？"

画面切换，显示器上出现数字 14:31 的大特写。

"你回来！"樋口毅喊道，但是没有人回应。

他坐回折叠椅上，恼火极了。

小丑的意图很明确，就是故意将我手指受伤这一幕放给里美看，诱使里美把一次宝贵的讨论机会浪费在无意义的事情上。

只剩下两次讨论的机会。考虑到后面可能出现的情况，这简直是无法挽回的重大失误。

里美也成了他恼怒的目标。

这么容易就被骗到，真是个愚蠢的女人啊！只会一遍又一遍说"我很担心你"，可这有什么用呢，能解决任何实际问题吗？为了这点儿小事就使用了宝贵的讨论机会，她到底是怎么想的？

樋口毅用力地摇了摇头。

"冷静，冷静。"

他竭力说服自己，必须压下这股怒火，保持冷静，否则绝对无法在默契游戏中通关。

小丑告诉里美，说我们从酒店被绑到这里已经十个小时。之前我就大概猜测过时间，现在明确了，至少也是有好处的。从时间上可以判断，我们现在还在东京都内。

小丑他们无法带着两个失去意识的人通过公共交通移动，否则路上的行人肯定会觉得可疑。所以，可以排除掉飞机和新干线，只剩下汽车这个选项。

从高速公路走的话，倒是可以移动一个较远的距离，但是风险很大。我们出去后势必会报警，到时候高速上的测速系统和牌照自动读取系统将会第一个被调出来检查。有点儿常识的绑匪都不会选择这种方式。

因此，可以推测我们现在离酒店不太远，并且是在东京都内二十三个区中即使出现这种集装箱也不会奇怪的某个地方。是港口，还是货物集散地？

假设以上判断正确，那就还有希望。

樋口毅盯着墙壁。

万一已经逃到深山里，那么即使我和里美跑出去也会很快被带回来，只有在二十三个区内，才有获救的可能。

不管小丑他们的目的到底是什么，现在最先要考虑的是如何从这里出去。所以，必须要好好谋划。

"我们早就被盯上了。"里美的这句话从樋口毅的脑海中划过。

她说自己大学时的朋友的通话被录音了，那是什么意思？樋口毅不懂。是说她最近和大学时的某个朋友通话被录音了，还是说大学时某个朋友的通话被录音了？

怎么想都不可能，樋口毅摇了摇头。

里美大学毕业都已经六年了，当时她的朋友不过就是个大学生。谁会特地去录一个大学生说的话呢？一来没有意义，二来在技术层面也不可能。里美说自己早就被盯上了，这不现实。

算了，先不去想这些。樋口毅站了起来，还是要抓紧找到出去的办法。

"只有那个地方。"他一边喃喃自语，一边抬脚往厕所的方向走去。

△▽

"还剩最后一分钟。"

小丑的声音在房间里回荡。里美恍恍惚惚地注视着显示器上的数字跳到了 00:59。她已经把答案写在了答题板上，半点儿都没有犹豫。

喉咙确实很渴，渴得人发狂，但是还不足以让她抛弃人性。所以，答案已经注定。

她小声地说："给我水。"

比起答案是不是一致，她更担心接下来可能发生的事情。

刚才的讨论算什么？她用力握住手中的马克笔。

阿毅只顾着发火，压根儿就不好好听我说话。我是那么担心他，担心得根本没有办法去思考别的事情。我通过显示器清楚地看到他受了伤，他布满痛楚的表情简直令人不忍直视。我作为妻子关心自己的丈夫，难道不对吗？

"我受不了了……"她用手指抹去渗出的眼泪。所有的一切都令人恼火。小丑令人恼火，这个房间令人恼火，阿毅也令人恼火。

蜂鸣器响起。

"时间到。"显示器中小丑摆了摆手，"感觉如何？虽然中间加入了讨论环节，但是我看两位很早就已经有了答案。可不可以理解为您二位非常有信心呢？"

"我累了，"里美把答题板面向显示器，"不想听你讲这些没有意义的话，头疼。你能不能别说话了？"

"那可不行，"小丑挺起胸膛，"我是默契游戏的司仪，即主持、推进这个游戏的人，保证游戏顺利进行下去是我的职责。现在您二位都已经给出答案，不知道结果会如何，真令人期待呢！"

继一阵击鼓声后，小号声又响起。

"答案一致！"小丑叫起来，"完美，精彩。果然爱能够创造奇迹，能够战胜所有。您二位的爱情之浓、牵绊之深，真令人动容。"

随着一阵模拟拉炮的效果音，墙壁上的盖子打开了。装着水的瓶子滚落在地板上，跳了几下，里美马上飞身过去抓住了它。

"没关系，"小丑的声音变得温柔，"请喝吧。樋口先生那边也有水。您二位的答案一致，自然有权利享受这份礼物。"

小丑的话音未落，里美已经打开瓶盖迫不及待地喝了起来。水分从干燥的嘴唇涌入，流经火热的喉咙，终于慢慢淌过身体的各个角落。

"我觉得您还是慢点儿喝比较好，"小丑轻咳了一声，"毕竟是冰镇过的水。我的祖母总是再三嘱咐，说不能大口喝冰水，对身体不好。"

里美沉默地盯着显示器。五百毫升的水，她一口气喝了一半，依旧没有缓解身体里的干渴。

"虽然第一问犯了愚蠢的错误，但是后面四个问题的答案都保持了一致。"随着小丑的讲解，显示器上出现了一张得分示意图，"不匹配累计达到三次则游戏结束，而您二位目前的状态太好了，我都等不及想看到两位在最后一问中顺利通关呢。"

"拜托你，"里美把喝得只剩下五分之一的水放在桌上，"我请求你，现在就放了我们吧。只要能立刻放了我们，我什么都愿意做。当然，我保证绝对不会对任何人说起这件事，不会报警，也不会告诉父母或者朋友……"

"真是令人动容，"小丑拍了拍手，"我真是被您和樋口先生的深情惊呆了，他也说了一样的话呢。'我绝对不会和别人吐露这件事，请马上放了我们。'呵，两个相爱的人，连思考问题的方式都一样吗？或许，我应该称之为爱的奇迹？"

"我请求你。"里美从椅子上下来，跪在地板上，额头深深地抵着地板。此时此刻，她想不到羞耻，也想不到名声。

只要能够放她和樋口毅出去，她是真的愿意做任何事。

"真是可惜，这里是默契游戏。不管您有什么理由，都不能中途停止。"小丑说，"除了通关之外，你们没有其他办法从这里出去。"

里美直起身子，又慢慢地在折叠椅上坐下。不管做什么都没有用，只能等到最后，完成这个愚蠢的游戏。

"不要摆出这么悲伤的表情嘛，像您这么美丽的小姐不适合这种表情。"小丑俏皮地眨了眨眼睛，"游戏已经进行了一半，到目前为止，你们只有一次回答是不一致的，多么优异的成绩啊。请笑一个吧，smile！"

"够了！"里美用脚踹地板，"快点儿出下一道题目。我只想早点儿完事早点儿出去。"

"我好敬佩您哦！"小丑夸张地点点头，"无论面对什么事情，总是这么积极乐观，非常值得我学习。那就如您所愿，进入第六问！"

这时，里美看到显示器上从旁边伸过来一只手，把一个信封放在了桌上。小丑从信封中取出一张纸。

"哎呀哎呀，这个嘛，"他小声念叨着，"果然，老天爷总是站在你们这一边的。上天竟然这么垂爱你们，真是令人羡慕甚至嫉妒呢！"

"你这话是什么意思？"

"第六问是一道惊喜送分题。"

小丑把展开的纸面对着里美，纸上写着——

你们求婚时说的话是什么？

"这么充满爱意的送分题，以前难道有过吗？不，没有。"

小丑的右手挥舞起来，两边唇角溢出了白色的泡沫。

"对昨天才举办过婚礼的两位来说，难道还有比这个更容易的题目吗？这道题难道不是单纯地送温暖、送爱心吗？哦，没有比这道题更适合来确认两位的爱情了。今天是你们新婚第一天，您肯定不会告诉我您已经忘记了求婚时说的话。呵呵，那种庸俗的事情怎么可能发生在您二位身上呢。"

"这哪里算是送分题？"里美颓然地摇了摇头，"我和阿毅在交往期间数次谈及结婚事宜，也不是谁主动去提这个话题，而是从一开始就奔着结婚去的。你现在来问我求婚时说的话，我怎么知道哪个算是。你这个问题太模糊了，我无法回答。"

"我明白您害羞的心情，"小丑笑了，"您和樋口先生经过热恋，最终走到结婚这一步。不难想象，你们不止一次地畅想过愉快的婚姻生活。对两个相爱的人来说，每一次约会时许下的诺言就和求婚一样，您说对吧？话虽如此，可我相信总还是有一锤定音的某句话，这句话确实地敲定了双方将携手共度一生。第六问，问的就是这句话。"

"我说了，我不知道哪句话算一锤定音……"

"您说得很有道理，"小丑行了个礼，"对日常生活中充溢着甜言蜜语的情侣来说，要明确点出哪一次在什么地方说的话才算求婚，实在有些困难。您的烦恼，我很理解。因此，这一轮我特别策划了一个活动。"

显示器上画面切换，樋口毅的脸出现在眼前。

"请您和樋口先生直接对话吧。"小丑说，"你们可以尽情地讨论什么时候在什么地方说过什么事，如此一来，您之前担心的问题就可以迎刃而解。关于这一点，我也已经向樋口先生解释过了。"

"时限是一分钟，"小丑的身影又出现在显示器上，他竖起一根食指，"在时限内，你们也可以说别的事情，只是请记住一点：绝对不可以点明求婚时说的话。您也知道，如果把答案直接说出来，游戏就没有意思了。"

"你的意思是只要不谈到求婚时说的具体的话，说什么都可以，对吧？那我可以描述什么时候在什么地方处于怎样的环境中求婚的，是这个意思吧？"

"您理解得很对。"小丑摇晃着竖起来的食指，同时樋口毅的脸出现在显示器上。

"那么，现在开始。"小丑宣布道。

与此同时，画面上出现了数字"60"。

Confirmation
/
确认

"能听见吗？"

樋口毅试着冲显示器喊，里美点了点头。

"我们结婚吧"，类似这样的话他们不知道说过多少次，有一段时间甚至成了打招呼的口头禅。正因为两个人早早下定决心要与对方共度一生，才能以如此轻松的语调说出来。

有时候虽然听上去不够正经，但他们并没有在开玩笑。相信只要是真心交往的情侣，都会迎来这样说话的时候。

回想以往，一个个场景历历在目，真要说起来简直没完没了。如何在这庞大的回忆中找出符合答案的那句话，确实如小丑所说，只能是先限定时间和地点，再找出两个人都当作求婚来看待的那句话。

"阿毅！"

里美叫起来，看神情她似乎陷入了恐慌。

"镇静！"樋口毅大声说，"我们没有时间了，只要确认时间和地点就好。听好了，去年八月我们不是去了京都吗？就定那次！"

里美拭去泪水说道："我知道了。"

"之前我们谈论过很多次要结婚的事，但是在我心中，京都那次才是我正式向你求婚。"

"你不用说得这么直白，"里美有些害羞地笑了，"我明白的。京都，是吧？"

"最后十秒钟。"小丑的声音插了进来。

"你别吵！"樋口毅吼道，"里美，你还记得吧，我当时说了什么？"

"我怎么可能会忘记。"

里美的回答声未落，显示器上已经漆黑一片。

"时间到！"小丑的声音通过扬声器响起，"哇，让我好一阵担心呢，就怕您二位中的哪位一不小心就把求婚时说的话直接说了出来，那我还得费心去准备其他问题。重新给出的题目会不会还是惊喜送分题，谁都不能保证。从我个人来说，是非常希望你们能够在默契游戏中顺利通关呢。"

樋口毅怒吼道："你给我闭嘴吧！"

小丑噤了声，只欢快地用双手比了个"V"。

"我只确认一件事。"樋口毅说，"题目要求我们说出求婚时的话，但毕竟过去那么久了，不可能原模原样地重现当时的场景。我们都是凡人，就算是自己说过的话，也不可能一字一句都记住。我想关于这一点，你应该能理解。里美那边也是同样的道理。所以，如果你想让我们将求婚时说的话一字不差地写出来，那么我现在就可以告诉你，我拒绝回答。你要说换别的题目，也随便你。"

"您睿智的头脑简直令人叹服。"小丑开口道，"果然，商场精英与我这种普通人就是不一样呢。确实，您说得很对。另外，还不得

115

不考虑性别原因可能导致的思维差异。所以，只要您和里美小姐给出的答案意思相同、感觉相近，就会视为答案匹配。"

"你可以跟我保证，不会故意刁难我们，不会因为开头的称呼不同，或者句子的结尾不同就挑刺吗？"

"哦，这种小里小气的事情我肯定不会做的。"小丑拍了拍自己的胸脯，"樋口先生，请您放心，不管您求婚时说的是'樋口毅'，还是'我'，抑或'鄙人'，我绝对不会在这种细节上挑毛病。对此我可以向您保证。怎么样，您是否也认为这是真正的惊喜送分题呢？那么，现在就进入思考时间吧。"

小丑做了个手势，显示器上又跳出数字 30:00。

"请别嫌我多嘴，容许我提个小建议，我认为……"

樋口毅用马克笔狠狠地点着显示器，说道："你快闭嘴吧！"

"那么，再见。"小丑低下头，从画面中消失了。

这个问题很简单，樋口毅重新握住马克笔。

去年八月末，我邀请里美一起去京都度了个三天两夜的小假。那段时间，我们因为工作的日程问题，一直没能见面，还闹了些小矛盾，导致关系一度恶化。

不管是我还是里美，都觉得这样下去不行。我想是时候把所有的事情都确定下来了，于是约了里美去京都并打算在那里求婚。

我没有打算像电视剧里的那样来一场豪华盛大的求婚仪式。毕竟已经三十多岁，不太适合搞这种惊喜。

所以，当两个人到达京都，办完入住手续，吃完晚饭，惬意地小酌一番后，我问道："结婚吗？"

这就是我的求婚，只是这样。

现在回想，求婚嘛，或许该说点儿更像样的话，但因为不好意思，我终究只是说了这句话。或者说，只能说出这句话。

老实说，这是我第一次正式求婚，内心是有些焦灼的。

过去我和其他女人交往时，也谈过结婚的相关话题，不过那些都是为讨对方欢心的场面话，并没有任何深层次的含义。

"如果我们能一直这样交往下去，最后走进结婚殿堂就好了。"

几乎没有男人没说过类似的话吧。它就像某种调味剂，能促使情侣变得更加恩爱，关系更上一层楼。

然而，此时此刻我对里美的求婚是认真的，心中不免焦灼。关于这一点，我坦然承认。我甚至忘了要拿出事先准备好的戒指。

幸好里美感受到了我的心情和心意。

里美笑着答复："那，余生请多指教。"

这就是我的求婚。

至于当时具体是怎么说的，可能是"结婚吗"，也可能是"结婚吧"。不管是哪个，没有大的区别，都可以，小丑也说没有必要百分之百还原。

只是樋口毅担心一点：在去京都之前，自己好几次表达过结婚的意愿，里美会不会搞错呢？

不，肯定没问题。他摇了摇头。刚才通话时已经明确跟她说了，是去京都时发生的那次。里美不但点头了，还反问了一遍。

他和里美一起只去过一次京都，那是第一次也是最后一次，所以绝不会搞错的。

樋口毅暗暗点头给自己鼓劲，握住手中的马克笔。他不担心这次的答案会不匹配。

△▽

京都。里美用力地点点头。

我清楚地记得那是去年的八月末，阿毅约我去京都玩，我当然答应了。

当时我答应得又快又干脆，一是因为预感到阿毅会求婚，二是因为感到了某种焦虑。

去年连休结束后，一个叫小原桃香的年轻女人被分配到了营业部。她只有二十四岁，身上充斥着一股莫名的风韵。

现在再回想她对阿毅的态度，依旧会觉得火气不住地涌上来，令人瞬间丧失了思考的能力。那个女人虽没有表现得非常露骨，但绝对是在勾引了。

她就像银座六本木里的小姐一样，嗲声嗲气地卖乖，明明有其他指导老师在，偏要缠着阿毅问东问西。而且她衬衫的第二个纽扣从来不扣，若隐若现地露着白花花的软肉引人探寻。

我一直觉得小原桃香的品行有问题，公司里其他女同事也有同感，但她是个厉害角色，对于来自同性的敌意毫不在意，还扬言说自己没有一个女性朋友。

那个时候，营业部里所有人都已经知道我和阿毅谈恋爱的事。看到小原桃香不要脸的行径，一个女前辈还正义感爆棚地直接警告过她。

只是，在小原桃香看来这不算什么。又或者说，她从抢夺别人的男朋友一事中感到了强烈的快感。自从知道了我和阿毅的关系后，她表现得越发过分了。

最可怕的是，阿毅并不反感。面对用矫揉造作的声音说话的小原桃香，阿毅每次都很有耐心，我好几次看到他们两个人有说有笑。

"你对一个像艳星又像小姐的女人表现得那么慵懒不正经的干什么呢？"我不止一次发过火，可阿毅一点儿都没放在心上。

"我们之间什么事都没有，也不可能有啊。她才刚来营业部，有不懂的问题当然会问，这不是很正常吗？课长对她的印象也很好，说像她这么积极努力的女孩最近很少见了。里美，我作为公司前辈，有义务指点她。"

令人惊讶的是，公司里的男同事几乎都站到了小原桃香那边。我实在感到不安，还为此找课长谈过一次。结果呢，课长笑话我是神经过敏。呵，为什么男的都这么蠢？

那段时间我的运气很不好，负责的客户总部在大阪，以至要经常在周末出差。其他的时间也和阿毅的合不上，两个人的约会次数明显减少。

其间，我遇见了大学时同一个讨论组的一个男生。之前，我和他短暂交往过一阵，再次见面时很自然地一起出去喝了点儿酒。只是喝酒，并没有发生别的事情。

不过，对方后来又约了我好几次。公事私事都有，反正很不凑巧，最终我也没能再和他见面。

说实话，我心里其实挺没底的，如果再次见面会发生什么事呢？我只知道，当时小原桃香与阿毅的关系给了我很大压力。

我没有直接挑明，但是阿毅多少还是感觉到了。我猜他也觉得这样下去不妥，所以才约我去京都玩个三天两夜。

我们都本能地生出一种危机感，知道再这样下去最后只能分手。此时只有一种补救方法，那就是求婚。

当确定了京都之行后，我就不在意小原桃香的存在了。

小原桃香算什么，阿毅最终选择的是我，最后胜利的是我。在坐上新干线的那个瞬间，我们的婚事已经是板上钉钉了。

话说回来，第六问是"你们求婚时说的话是什么"，问的是阿毅当时说的话，不是我自己的心情。所以现在我得赶快回忆起来，阿毅当时说了什么。

我记得我们早上很早出门，新干线驶出新横滨时我都睡着了。在抵达京都前十分钟，阿毅才把我叫醒。

"不好意思，我睡着了。"

阿毅温柔地整理我的头发，小声地说："真想一直和你在一起。"

这句话能算作求婚吗？从这句话中，我清楚地感受到了他想和我结婚的意愿。

不，不对。阿毅说了，是"在京都"。

通过之前的讨论，我知道阿毅是要把在京都时的求婚当作本道问题的答案，而当时我们还在新干线的车里面，没有抵达京都。

我们在京都站下车时不到中午，在车站附近的一家荞麦面馆提前解决了午饭。之后还特地拐去了上贺茂神社，这里被列为世界文化遗产，算是名胜中的名胜了。

整个行程很赶，但我觉得这样很好。当时的气氛正适合去那个地方。

最后我们是在下午四点左右到达住的地方，它叫"优崎馆"，是一家非常有历史的温泉旅馆。庭院很漂亮，想必店家花了不少的精力打理过。

房间里没有露天汤泉，所以我和阿毅分别进了男女大浴场。时间还早，浴场中没有其他人，泡在里面，我感觉所有的疲惫都一扫而光。

在那之后，我们回房间吃晚餐。晚餐是精致的怀石料理，配上冰镇过的清酒刚刚好。

吃完晚餐，阿毅还在喝酒，突然问道："结婚吗？"

他这句话问得很唐突。

事实上，"结婚"这个词在我们的生活中已经反复出现过多次。比如二月份参加完营业部一位同事的婚礼，坐在车上我们提起过；春天去银座看电影，回家路上我们提起过；偶尔路过时装精品店前，看到橱窗里展示的婚纱时我们提起过；在家看电视，出现婚庆广告时我们也提起过。

不过，我清楚地感知到在京都的这一次，与以往是不一样的。阿毅没有笑着打马虎眼，也没有害羞不好意思，他只是问着很简单的话：

"结婚吗？"

我点点头，笑着回答："那，余生请多指教。"

这就是我的回答。

早上起得早，阿毅还喝多了酒，所以当晚没有发生特别的事，两个人就那样睡了。我猜阿毅是紧张的吧。

而我，则是感受到了一种安心。阿毅已经向我求婚，我再没有什么好焦虑了。

第二天，我们在京都观光。我记得两个人净看寺庙了，阿毅还开玩笑说，好像在休学旅行呢。

天气比我们想的还要热，白天一直走啊走，回到旅馆后我感觉很不舒服，基本上没吃几口饭就躺下睡觉了。

第二天早上身体恢复后，我们在旅馆吃了早餐，之后回了东京。吃早餐时我们说好，回东京后先直接去我家，跟我父母汇报两个人要结婚的事。

我父母都很喜欢阿毅，之前阿毅也来过家里好几次。阿毅喝完茶把伴手礼递过去后，坐正了身体，郑重地低下头说："请您把女儿嫁给我吧。"之前我已经跟父母说过自己想和阿毅结婚，所以父亲很干脆地回复："以后我就把她交给你了。"

这样，仪式就算完成了。

当着我父母的面，阿毅又说了一次"结婚吧"，但当时我们已经从京都回到东京，阿毅也只是为了再次确认才说的，不能算作求婚时说的话。

"在京都"，这是阿毅提示的关键词。现在再次回想那三天两夜的京都之旅，能够被称为求婚的也就是第一天晚上吃完饭后说的那段话。除此之外，再没有别的了。

里美正打算往答题板上写答案，突然停住了。不，不对，还有一次。

我记得清清楚楚，在京都的第一个晚上阿毅确实问了"结婚吗"，但仅限于此，而后来还有更像求婚的一段对话。

回东京的那天早上，吃完早饭后阿毅突然很郑重地说："里美，你坐下。"然后，他从衣服里拿出一个藏青色的盒子放在桌上。

"四个月的工资。"他微笑着，打开了盒子，"再加一个月对你的爱……里美，我会给你一生的幸福。"

盒子里躺着一枚钻石戒指。

"本来打算昨天给你的，结果你身体不舒服。"他又笑了，"该怎么说呢，时机一直不太好，直到现在才给你。你试试。"

我把戒指戴上左手无名指，发现尺寸刚刚好。我没想到自己会那么激动，眼泪都流了出来。

求婚，到底是指什么呢？里美仔细地端详着无名指上的戒指。

现在手上戴着的是黄金的结婚戒指，然而我一直没能忘记那枚钻石戒指的熠熠光辉。

虽说并不是因为求婚戒指才答应结婚的，但是求婚，仅仅靠语言就能成立吗？

　　"结婚吗？"

　　仔细想来，这句话都算不上积极。怎么说呢，用生意场上的话来说，比较像"事前打探"——先给出一个方案，对方如果同意是最好的，如果不同意就给出另外一个方案。至少我是这么认为的。

　　与之相比，"我会给你一生的幸福"这句话中蕴含着樋口毅深沉的爱意和承诺，那枚钻石戒指也让人感受到了他坚定的决心。

　　阿毅说，在京都。那么，他觉得这两个中的哪个才算正式求婚呢？

　　里美知道自己不能钻牛角尖，但是真的无法判断出正确答案。

　　显示器上的数字已经变成了 13:22。

△▽

　　京都，结婚吗？

　　樋口毅在答题板上写好答案后，开始左右张望。还有十多分钟，可以趁这个时间做点儿什么呢？

　　他一直在思考是否真的没有办法从这里出去。

　　不管这是一个箱子还是一个笼子，既然自己确确实实地被关在了里面，那就说明肯定是有出入口的。只可惜探查了许久，也没能发现它在哪里。

　　如果说只有一处可以出去，那一定是厕所。

　　之前他查看过马桶，发现底下连着一个黑色的塑料袋，再深就看不清了。

现在灯泡换成白炽灯后亮了不少，他还能看清袋子的形状。袋子是自然下垂的，说明马桶下面有足够大的空间。

樋口毅把答题板放到一边，再次走向厕所。他用双手把住白色的陶制马桶，使劲左右摇晃，又用脚去踹，但马桶就像个脾气很好的老先生，纹丝不动。

没有办法，他强忍着心中的不快，把额头抵在地板上，开始研究马桶四周。

这一研究，便发现马桶是用木螺丝固定在地板上的，几个法兰接头上都嵌着螺丝，底部还用黏着剂粘上了。

黏合面并不大，只要拧开螺丝，就有可能移动整个马桶。

可是拧螺丝需要钻头或扳手之类的工具，徒手是不可能成功的。在目前的环境中，工具没有，勉强可以使用的东西只有之前拆下来的马桶圈。

樋口毅踩住马桶圈，用尽全身力气一折，马桶圈发出一阵锐响后断成两半。这个样子可不能用，他把断成两半的马桶圈扔在地上。

马桶圈干脆地断成了两截，不能直接作为工具使用，只能试着再敲敲打打看能不能砸出一个合适的形状当作"一"字形螺丝刀。

"给我一个好形状吧，拜托！"樋口毅一边在心里祈祷，一边将马桶圈用力砸向地板。砸到第三下时，碎片四处飞溅，他的手里只剩下一道斜长的塑料条。

他把塑料条插在螺丝上比画了一下，发现正好合适。逆时针用力转动塑料条，螺丝似乎松动了一些。

"有戏！"

螺丝逐渐松动然后浮起，樋口毅用食指和拇指捏住用力一转，竟然轻松地拧下了第一枚螺丝。

他看向显示器，显示器上的数字已经变成 4:36。

"再来一枚。"他小声地念叨，开始拧第二枚螺丝。

第二枚螺丝被拧下来后，小丑的声音响起："最后三十秒。"

好吧，剩下的晚点儿再来弄。

樋口毅坐回折叠椅上。答案早就写在答题板上了，没有问题。

"三、二、一、零！"

倒计时结束，蜂鸣器同时响起。

"对相亲相爱的两位来说，这真是最简单的题目了。呵，求婚时说的话是什么，世上还有比这更容易的送分题目吗？只要您二位心中有爱，就绝对不会忘记当时说的内容。怎么样，樋口先生，您有多少信心呢？"

"我每次听到你的声音就想吐！"樋口毅往地板上啐了一口，"你的声音，还有你说话的方式，都令人恼火。表面恭维，实则蔑视，'笑面虎'说的就是你这种人。你听好了，等我从这里出去，第一件事就是要找到你，然后揍得你连你爹妈都认不出来！"

"哎哟，您这威胁可真不怎么样呢，"小丑歪了歪嘴角，"和您的身份也不匹配。您或许擅长商业谈判，可惜我不会接受您的挑衅。不管怎么说，您根本不可能找到我。我只是默契游戏的司仪，当默契游戏结束后，我也就消失不见了。"

"别废话了，"樋口毅怒道，"确认答案吧。在此之前，我先把话撂在这儿。"

"是什么呢？"

"出题前我也说过，如果你仅仅因为细微的语气差别就判定答案不匹配的话，我会拒绝回答。比如'结婚吧，好不好'和'结婚吧'，这个程度的区别，你必须判答案是一致的。虽然你一再强调这道题很简单，但实际上没有谁会记住求婚时说的每一个字，难道不是吗？"

"关于这个问题，我想我已经说过。"小丑开口道，"许多男性都无法准确复盘求婚时说的话，这是事实。因此，只要您和里美小姐的答案意思一致，我就会视为匹配。这一点，之前我已经向您保证过了。"

樋口毅坐正身子说道："那就好。"

他记得自己是在京都向里美求婚的，但具体说的是"结婚吗"还是"结婚吧"，确实记不清了。不过没关系，只要表达的是要结婚的意愿，不管小丑怎么挑刺，他都有信心去说服对方。

再极端一点儿说，不管里美写的是什么，只要回答中包含"结婚"二字，那么他就能将答案变成匹配。而里美的回答中必然会包含"结婚"二字，毕竟是"求婚"嘛。

所以，答案肯定会一致。

"两位都准备好了吗？"小丑在显示器中摆了摆手指，"请将各自的答题板面向显示器。"

樋口毅将答题板翻了过去，那边的里美也做出同样的动作。

△▽

"答案不匹配。"

听着小丑的声音，里美盯着显示器，彻底地愣住，一动也动不了。

京都，结婚吗？

这是樋口毅答题板上的内容，而里美答题板上写的是：

我会给你一生的幸福·京都。

"好可惜。"显示器中的小丑耷拉下肩膀，"没有想到会出现这样的结果，真是太意外了。互相起誓要彼此相爱的两个人，对求婚的理解竟然不一样，这种事情怎么会发生呢？简直不可思议。"

"你等一下！"里美伸手示意，"求婚是在京都，阿毅的答案也是这么写的。他在京都旅馆的房间里向我求婚，那时我们下定决心要共度一生。虽然答案有些不同，但是……"

"第六问问的并不是你们在哪里求婚，"小丑说，"问的是求婚时说的话。题目很明确，与求婚地点没有关系。"

"但是……"

"我确实说过容许语气上存在细微差异，"小丑的嘴角高高翘起，又笑开了，"可是您和樋口先生的答案已经超出容许范围了。您看，甚至没有一个字是一样的。黑的不可能变成白的哟。"

里美从折叠椅上起身，靠近显示器："'我会给你一生的幸福'这句话等同于'我们结婚吧'，不是吗？求求你，我们都回答出了'京都'，即使表达方式不同，意思却是一样的，完全可以认为答案一致！"

"很遗憾，"小丑摇了摇头，"在这道题目中，表达方式正是得分点。确实，您二位去了京都旅行。第一天晚上，樋口先生问：'结婚吗？'在回东京的早上，他又说：'我会给你一生的幸福。'并且将求婚戒指给了您。这两次都可以认为是在求婚，只要您和樋口先生的回答是一致的，可以任选其一，但现在很明显出现了分歧，究其根本原因是你们对求婚的理解不同。因此，第六问只能判定为答案不匹配。"

"你这是欺诈！"里美用力地拍打显示器，"我这样说你会那样说，我那样说你又会这样说，总之都是你有理。这两句话选择哪一句，由我们自己的感觉决定。这道题就不该存在不确定性，匹配不匹配就该由我们自己说了算！"

里美大声叫嚷着，突然撞到了什么，紧接着视野被一片白色占据。这不是比喻，她的脸确实被染成了白色。

"抱歉。"小丑施了一礼，"游戏开始时我就说过，答案不匹配的话您二位要接受惩罚。别担心，您脸上那些只是泡沫奶油，我可没有半分想要伤害你们的意思。"

"这是什么东西？"里美用手掌抹脸，黏糊糊甩也甩不掉的触感令人非常不舒服，而且还有股类似于臭鸡蛋的恶臭。

"啊，忘记说了。"小丑叩着桌面，"单纯的泡沫奶油实在缺乏新意，所以我在里面兑了点儿加热后的醋，毕竟是惩罚嘛……哎呀哎呀，您不要太介意，很快就会习惯的。"

里美擦了好几次脸，把蹭下的奶油都抹到地板上，可惜一直擦不干净，那种黏腻的触感如影随形。最可怕的是，臭味越来越浓了。

她被熏得想吐，赶紧用手捂住嘴，结果手上沾着的奶油蹭进了鼻子里，将她恶心得一阵干呕。

"我觉得您最好不要吐呢，"小丑边笑边说，"如果一定要吐的话，最好快点儿去厕所哦。想想醋和呕吐物混在一起的味道，那可是相当有滋味啊！"

里美竭力忍住呕吐的欲望，匆匆往厕所走去。

小丑的笑声一直牢牢地追在她的身后。

△▽

樋口毅脱下 T 恤去擦脸，泡沫奶油是擦干净了，但是醋的酸味一直没有消失。

"不要笑了！"

他指着显示器，显示器旁的墙壁上有个盖子，从里面伸出一根管子，奶油就是从那里面喷射出来的。

"你的恶趣味也差不多了吧？干这种事很愉快吗？"

"这不过是常见的惩罚小游戏，"小丑微笑着说，"说起来，算是比较让人头疼的。"

"王八蛋！"

樋口毅将涂满奶油的 T 恤狠狠掷向显示器，显示器被 T 恤糊住了，只能听见小丑源源不断的笑声。

"你别当我是傻子。"

他将手在墙壁上蹭干净。这些奶油明显比一般奶油黏很多，黏腻恶心的触感迟迟不能消散。

他现在很生气，生气的对象既包括小丑，也包括里美，其中对后者的怨怒甚至更胜一筹。

她是傻子吗？求婚，那可是求婚啊。求婚怎么可能没有"结婚"这个词呢？

浑蛋！

樋口毅狠狠地捶着墙壁。

为什么我要碰到这种事？

里美的脑子里到底在想什么？我那么明明白白地问她：结婚吗？如果这都不算求婚，那什么才算求婚？

里美长得好看，性格开朗，有着富裕人家培养出的良好教养，我正是被她的这些优点吸引，才产生了好感。自从两个人开始谈恋爱，就一心一意认定对方是自己结婚对象的不二人选。即使到了现在，这个想法也丝毫未曾变过。

实话实说，开始交往没多久，我就发现了里美不是一个聪明的女孩。

不聪明当然不能算是缺点。与那些自以为聪慧故而高高在上的女性相比，还是里美这种傻女孩好。可是说一千道一万，我也没想到她会蠢到这个地步。

求婚时说的话是什么，这个问题就算不如小丑说得那么简单，但至少是没有难度的。不管哪个女人听到"求婚"，第一反应肯定会联想到"结婚"这个词。

她怎么会把这么简单的问题弄错？！

小丑问道："请问您现在感觉如何？"

樋口毅拿起糊在显示器上的 T 恤，又狠狠掼向地板。

"想来您应该会非常不愉快，不知现在有没有冷静一点儿了呢？"

"我当然会不愉快，浑蛋！"

"哎呀呀，冷静，冷静。"小丑摆了摆手，做出安慰的姿势，"我并不是魔鬼，也再三声明过，我衷心地希望您二位能在默契游戏中顺利通关。对此我可以发誓，这不是谎话。"

"别瞎扯了！你要真有心，就立刻把我们放出去！"

"这一点，恕难从命。接下来是第七问，是专门为了拯救二位而设的题目哦。"

"拯救？什么意思？"

显示器下方的盖子突然打开，樋口毅看见里面放着一个一升大小的瓶子。他没有伸手去拿，因为知道肯定会被玻璃挡住。

"好了，让我们迅速进入第七问。"小丑按响骨指。

现在只有一瓶矿泉水，您愿意把水让给对方吗？

樋口毅沉默着。

小丑点了点头："是的，第七问与第五问的题目一模一样，唯有一个差别：这次，真的只有一瓶水。您打算怎么做呢？可以在时限范围内好好思考一下。"

樋口毅有种强烈的直觉，这次是真的只有一瓶水。所以，第七问的意图很清晰，就是要测试自己和里美之间感情的深厚程度。

"请问您要使用讨论的机会吗？"

樋口毅从喉咙里挤出回答："现在不用。"

"里美小姐也是同样的选择呢。"小丑说，"那么，现在开始进入思考时间。与之前一样，时限还是三十分钟，倒计时开始。"

小丑的身影从显示器上消失，取而代之的是数字 30:00。

樋口毅看了一眼时间，捡起 T 恤，向厕所走去。他打算利用这三十分钟的思考时间拧下剩余的两枚螺丝，挪动马桶，然后从那个口子里逃脱出去。

他把塑料片对准第三枚螺丝开始拧，突然想到刚才被泡沫奶油击中脸时发生的事。

那时小丑笑得非常欢快，可以想象自己的脸肯定被奶油糊得很滑稽。除此之外，他还注意到一件事：那不是小丑一个人的笑声，其中夹杂着好几个人的声音。

之前樋口毅就察觉到有不少人参与默契游戏，而这是他第一次听到这些人的笑声。

藏在背后的幽灵，又或者说同谋者，如果他们正关注着这个游戏，笑出声也不奇怪。只是，这次他们为什么会让自己听到？

他们是故意为之，还是巧合，又或者操作失误？

樋口毅猜测是操作失误。那几道声音和小丑的不一样，没有经过变声处理，就是单纯的笑声。

笑声持续了几秒钟，音质也不特别，目前只能肯定两点：一是除了小丑，至少还有两个人；二是其中有一个是女人。

那阵笑声到底意味着什么？

一想到隐藏在笑声下的恶意，樋口毅不由得心底发寒。

△▽

里美用矿泉水瓶中仅剩的一点儿水濡湿手掌，然后小心地拭脸，反复好几次后发现还是没办法除去围绕在鼻端的恶臭。她没有水了。

嘴里只有呕吐后残留的酸涩胃液，鼻端被刺激性的酸臭包围着，脸上是怎么抹也抹不干净的泡沫奶油。

这时候，她看到了一瓶水，约一升。水就在眼前，可惜被玻璃挡着不能碰到。

"把水给我！"

里美疯狂地拍打玻璃，当然玻璃是不可能被拍碎的。

这是最残忍的惩罚。

她没有放弃，一边胡乱拍打玻璃，一边晕乎乎地想着。

再这样下去，我该精神错乱了。

为什么我要受这种罪？都怪阿毅，都是阿毅的错。

他确实问了"结婚吗"，我也记得很清楚。

但是，那可是求婚啊。如此简单的一句话怎么可能是求婚？况且，之前我们已经好几次谈论过类似的话题，又不是第一次提及"结婚"这个词。

"好想结婚啊！"

"什么时候能结婚就好了。"

"我们结婚后住在哪儿？"

看，"结婚"这个词在我们的生活中多么常见啊！

阿毅邀请我去京都时，他嘴上没有说什么，但我强烈地预感到他会向我求婚。他的态度和以前都不一样，我能感觉出来。

我是真的很想和阿毅结婚，只是身为女孩的矜持使我不能先提这件事。不管哪对情侣都是这样的，这个社会的主流还是由男方来向女方求婚。

在阿毅眼中，"结婚吗"三个字就算是求婚，而我当时也确实点头同意了。

可从内心来讲，这样的求婚好没意思，一点儿都不梦幻，一点儿都不令人激动。

我想阿毅也是这么认为的，所以才在回东京的那个早上，拿出戒指并且说："我会给你一生的幸福。"那才是正儿八经的求婚！

幸福？呵，一点儿都不幸福。里美瘫坐在地板上。现在这种情况，哪有幸福可言，应该说正好相反，不幸得不能更不幸了。

她想大声呼救，可嗓子已经哑得不行，而且叫了也没有用，没有谁会来救自己。

阿毅也是靠不住的。那种男人，怎么能依靠呢？还是要自己想办法从这里脱身出去。

不过，在此之前必须先解决第七问。小丑说过，默契游戏一共有十道题目。只要保证剩下几道题的答案全部匹配，就可以从这里出去。

小丑的声音在脑海中回荡："这道题和第五问一模一样。"

是的，一样的题目。那么，答案其实已经确定。阿毅肯定会说把水给我的……一定是这样的。

真会这样吗？里美紧紧咬住嘴唇，她已经搞不懂阿毅是怎么想的了。

此时此刻，她心中对阿毅的信任无限接近于零。如果阿毅也是同样的想法，那我们会面临一个什么样的局面？

"我刚才已经把水让给了你。"阿毅谩骂的身影浮现在眼前，"像你这么自私自利的女人，我还会再把水让给你吗？不可能，这次该轮到我喝了。"

胃液翻涌着滚到喉咙口，里美拼命把它压了下去。要冷静下来好好思考，现在不能想别的事情，先搞定这个问题再说。

她抬头看向显示器，发现数字已经变成了19:21。这时，小丑之前说过的话又掠过脑海。

"……确实，您二位去了京都旅行。第一天晚上，樋口先生问：'结婚吗？'在回东京的早上，他又说：'我会给你一生的幸福。'并且将求婚戒指给了您……"

为什么小丑会知道我们对话的内容？

现实情况和小丑说的一模一样。

我和阿毅都仔细地梳理了记忆，回溯当时的情景，才分别选定求婚时说的话。先不说最后两个人的答案并不相同，现在需要搞清楚的是小丑怎么会知道阿毅向我求婚时说的话。

当时我和阿毅是在旅馆房间里吃的饭。旅馆的女服务员上完菜后马上就出去了，房间里没有第三者在场，也不可能有谁恰巧听到。

监听！

里美的脑海中出现一个词，胳膊上的寒毛瞬间立起。

这不是开玩笑或恶作剧，也不是某个人在搞小动作。从最开始，我和阿毅就已经被默契游戏选中了。我们是必须参加这个游戏的人。

可是为什么呢，又是谁选中我们的？

对方准备得太周全，周全到令人毛骨悚然。我和同班同学本多在大二时交往过短短几个月，本多又在大四快毕业时和野岛裕子谈恋爱，而他们的电话竟然被录音了。单从这一点，就可以看出幕后之人准备得有多精细。

本多和野岛裕子是在大四那年的十二月开始交往，差不多一年后分手。这个信息是裕子亲口对我说的。

他们被录音的这段话发生在相恋时的某个时期，具体时间不详，但不管怎么算，都是五年前的事了。这意味着至少在那个时间点我就已经被盯上了。

但是不可能啊，我不过是一个普普通通的女大学生，谁会盯上我？

而且，现状是不只我和阿毅的对话被监听，连我朋友们的电话都被监听了。究竟会是谁，又是出于什么目的这样做呢？

黏腻的泡沫奶油和汗水混在一起糊住了长发，里美用双手捧住脑袋。到底是怎么回事啊？她的脑中一片混乱，一点儿头绪都没有。

太奇怪了，这根本不是游戏。

不知道阿毅那边发现了多少，我现在必须马上把这些告诉他。

突然，一阵蜂鸣声响起。明明还没到时间，怎么回事？

里美注视着出现在显示器中的小丑。

△▽

"占用您宝贵的思考时间，真是万分抱歉，我有一个小建议。"显示器上的小丑泛起一抹笑容。

樋口毅问："什么建议？"

"非常简单。包括第七问在内，默契游戏还剩最后四道题目，"小丑用右手比了个"四"，又用左手比了个"二"，"而你们已经累计有两道题目答案不匹配。在游戏开始时我就已经说过，一旦不匹配达到三个，游戏就结束。"

樋口毅用马桶圈的碎片卡住第四枚螺丝，"然后呢，你想说什么？"他喘着粗气问道，"游戏结束？结束好啊，快点儿结束这无聊玩意儿对大家都好。要不我直接放弃吧，这样彼此都能节省时间。"

"我真诚地建议您最好不要再说这种话。"

小丑缓缓地摇了摇头。同时，显示器上的数字变成了 10:00。

"你闭嘴吧！"樋口毅吐出一口气，继续拧螺丝。

不到一分钟，最后一枚螺丝也被拧了下来。他用两只手用力推动马桶，马桶和地板黏合的右端翘起了一点点。他把 T 恤垫在肩上，用肩膀继续去推，马桶动了。继续努力了一会儿，马桶又移动了几厘米。

不知何时，T 恤掉在了地板上，他没有精力去管，忍着肩上的疼痛，双脚蹬住地面，使出了浑身的力气。终于，马桶发出一声巨响，移动了三十厘米左右的距离。

樋口毅无力地一屁股坐到地板上，快速喘了几口气，将空气送进快要爆炸的肺里。他一边喘气一边看向自己的成果。马桶被移开后，那里赫然出现连接下水管道的孔洞。

孔洞的直径不到三十厘米，人是不可能从这里出去的。

所幸樋口毅本来就没打算直接从这里出去。他用脚把孔洞里的黑色塑料袋踹破，然后忍受着刺鼻的氨气，把脸贴到洞口，开始大声地求救。

他希望有人能听到自己的求救声。对，肯定能听到的。外面的人或许不清楚到底发生了什么，但是只要有人能听到就足够了。

"外面有没有人？救救我们！我们被关在这里，被绑架了！救命啊！"

他竭尽全力不停地叫着，当嗓子嘶哑到再也发不出声音后，就用马桶盖不断敲打洞口。

呼喊或发出声响能让外面的人注意到自己，这就是他目前唯一能做的事情。只要有人能够听到这些声音……

"最后三分钟。"

小丑的声音冷不防地响起。樋口毅抬起头，看到对方在显示器中竖起三根手指。

"请问您写好答案了吗？啊，先不说这个。刚才里美小姐发出了讨论的请求，所以思考时间暂停了。"

樋口毅哑声喃喃道："讨论……"

在第七问的题目出来之前，他就已经和小丑说过，自己与里美之间不需要讨论。况且，关于这道题，根本没有讨论的意义。

事实上，他现在一点儿都不想和里美说话。猜也能猜到，她只会哭着啰唆一些蠢话，没有半点儿帮助。

"就剩三分钟，这个时候讨论有什么意义？"

"这我就不清楚了，"小丑耸了耸肩，"我不过是个传话人。里美小姐提出了讨论的请求，我代为转达，仅此而已。不过如前所述，我有一个小建议。"

"建议？"

"默契游戏中一共有三次讨论的机会，您和里美小姐已经用过一次，"小丑说，"所以目前还剩下两次，而问题还剩下四道。此时应不应该讨论，全部由您二位判断。谨慎考虑非常必要，这就是我的建议。"

　　樋口毅站了起来："你想让我考虑什么？"

　　"在第七问的题目出来之前，里美小姐曾说过不用讨论，"小丑微微垂下眼睑，"大约就在二十七分钟之前。可是，她现在却又提出要讨论，这是为什么呢？我觉得您应该慎重思考后做出决断。里美小姐应该是在这二十七分钟的时间里，发生或者发现了她认为必须要向您转达的事情。"

　　"你是在诱导我吗？"樋口毅斜睨着对方，"想让我把讨论的机会又浪费在无意义的事情上？我不会再上当的。"

　　"哦，您已经失去了冷静判断的能力。"小丑闭着眼睛摇了摇头，"您即使移动马桶，向外求助，也不会达到任何您想要的效果。首先，没有人可以从这么小的洞口出去；其次，不管您怎么大声呼救，也不会有人听到。作为游戏举办方，我们自然是做了万全的准备，无论多小的风险都已经被排除掉。"

　　"我知道你们在监视。"樋口毅用 T 恤擦着弄脏的手，"从马桶这个洞出去的可能性差不多是零，但是声音呢？就算你们装了隔音板，也无法百分之百地保证声音不会漏出去。我赌的就是这一点儿可能性。"

　　"您真正赌的并不是这个。"小丑又摇了摇头，"您非常聪明，恐怕一早就知道房间里装了摄像头，知道自己的一举一动都被监视着。确实如您所说，即使做了消音措施，震动还是会传到外面去，有被人发现的风险。然而，您真正的目的不在于此，而是希望我们派人进入您所在的房间去阻止您。"

樋口毅吐了口唾沫。

"不得不承认，您的着眼点非常犀利。"小丑微笑起来，"从一般逻辑来考虑，既然您被关在了这个房间里，那么它必然是有出入口的。您推导出了这个结论，可惜一直没能发现出入口在哪儿。既然自己无法发现，那就想个办法让别人来打开。因此，您明知我们在监视，却故意挪动了马桶。"

樋口毅将手上的 T 恤扔向地板："那又怎样？"

"您或许认为这个思路非常正确，不过我还是想请您冷静下来，好好思考一下。作为默契游戏的组织者，我们早就考虑过所有的可能性，并针对各种情况做过反复演练。您觉得我们没有想过类似情况的发生吗？不管是您还是其他任何人在里面，不管你们做了什么，不到最后游戏结束时刻就不会有人进入玩家所在的房间。因为，那才是最大的风险。像您这么聪慧的人竟然没有察觉到这一点，说明您已经丧失了冷静。"

"我说过，一旦让我出去，我一定会找到你的！"樋口毅踹了一脚地板，"我一定会杀了你！这不是威胁，我是说真的。"

"随时恭候大驾。"小丑点点头，"那么，让我们回到之前的话题。我向您传达里美小姐的讨论诉求，并没有半分诱导您同意的意思，给出小建议也只是为了更好地推进游戏进行。对我个人而言，我非常希望能帮到你们，这份心情还请务必理解。"

樋口毅小声地讽刺道："谢谢你的好心。"

"我可没有开玩笑，"小丑的声音变大了，"不管怎样，我衷心希望您二位能在默契游戏中通关。您或许不以为然，不相信我，但其实我已经在游戏中给过很多提示。"

"什么意思，什么提示？"

"哎呀，我不能透露更多呢。"小丑用手掩住口，"只是有一点我可以跟您说明白：真爱才是通关这个游戏的关键，只有真爱……现在您考虑得怎么样了，要和里美小姐讨论吗？"

"说什么真爱！"樋口毅在折叠椅上坐下，"你是站着说话不腰疼，自以为是，在这种情况下，根本不可能有什么真爱。讨论——"

小丑的嘴巴无声地动了动。

樋口毅说："我听不见你说话。"

小丑看着他，只是快速地摇了摇头。

樋口毅读不懂小丑的唇语，但是明白了他想表达的意思。他是想让自己接受里美讨论的请求。

这是怎么回事？小丑为什么这么做？他似乎想说什么，那说出来不就好了吗？

樋口毅不知道这时候该怎么做，他丧失了判断的能力。

要讨论吗？

小丑是敌人，还是朋友？

思考时间只剩三分钟，时间暂停了。

如果同意讨论，那么能和里美对话三十秒钟。现在和里美对话，会发生什么？樋口毅还没想明白，手上动作已经快过脑子，按下了桌上的白色按钮。

小丑宣布道："讨论成立。"

Discussion 2

第二次讨论

"首先确认时间。"小丑举起右手，显示器上的数字停在了 2:59，"讨论时长为三十秒钟，比较短暂。建议您先冷静下来，确定到底要说些什么，不要感情用事。"

　　"我知道。"里美点了点头，其实脑中根本理不清头绪。

　　该怎么才能和阿毅说明白呢？小丑，或者说小丑们，必然是有好几个人在团伙作案。一个人根本完成不了这些事情。他们知道我和阿毅一起去京都旅行的事，甚至还监听了我们的对话。

　　不，不只那段时间，更早之前我就被监听了。目前能推算出来的是，在大学期间，我还是个十八岁学生的时候，就已经处在这群人的包围之下。算起来，至少已经十年。

　　这群人不但清楚地掌握了我的交友信息，还监听了我朋友的对话，听起来简直就像天方夜谭。他们竟然监听了一个普普通通的女大学生十年之久。我实在想不出对方这样做的理由，他们能得到什么好处？

　　如果对象仅是我一人倒还能想象，毕竟林子大了什么鸟都有。有些跟踪狂的脑回路和正常人就是不一样，干得出十年里偷偷地围着某个女人转的事。其中一部分跟踪狂比较露骨，会千方百计地和对方接触，打打电话，写写信，发发邮件；还有一部分跟踪狂比较含蓄，只是窥视。

后者因为不会让人觉察到恶意，所以很难被察觉出来。

但是现在情况不同，我和阿毅面对的显然不是跟踪狂。

里美摇了摇头。

对方在十年的时间里不断搜集着我的相关信息，在我结婚后终于迫不及待地亮出了尖利的爪牙。他们的目的不是要和我谈恋爱或者发生关系。他们的出发点不是执着，不是执念，也不是妄念。

冷静审视目前的情况，就会发现我和阿毅被软禁了，但不是被绑架。小丑说过，他们的目的不在于金钱。

不是金钱，那会是怨恨吗？如果真是怨恨，又有谁会对我怀有如此强烈的恨意呢？我想不出来。

或者是有人嫉妒阿毅？我知道阿毅作为超一流商社永和商事营业部的精英员工，前途光明，未来可期，有不少人在背地里眼红他。

在公司里，男员工的嫉妒心比女员工更强烈。说到嫉妒，人们往往会联想到女人间的争风吃醋、耍小性子，但是去看看公司里男员工互相扯后腿的样子吧，那种心理扭曲程度简直让人胆寒。

不，不是因为阿毅。他们一直在监视的是我而不是阿毅。

里美摇摇头否定了自己的猜想。

该怎么跟阿毅说呢，说我从十年前或者更早以前就被盯上了，总有一天会参加这个默契游戏。想想就知道阿毅不可能会相信，他肯定会反问为什么，而这个问题，我也不知道答案。

既然这样，为什么要发起讨论的请求呢？或许我该马上取消掉。

"您可以在脑海中仔细思索，确定好到底要说什么。三十秒可是非常短暂的。"小丑故作温柔地说，"我给您提供一个方向，比如说探讨第七问的答案。当然，这只是建议。截至目前，还剩四道题目，而两位已经累计了两次答案不匹配，再来一次游戏就结束了。此时此刻，你们或许该好好商量，优先思考这道题的应对之策。"

里美用双手撑住额头，不知道现在该怎么办才好。

总之，得先让阿毅知道我被这伙人监视十几年了，并且祈祷他相信自己。

"您准备好了吗？"小丑问，"您发出了讨论的请求，樋口先生同意了，而现在时间已经过去五分钟。"

里美看向显示器："再给我一分钟。"

"好的，静待您的指示。"小丑点了点头。

△▽

樋口毅紧紧地盯着显示器中的里美。她抱着头，似乎正在纠结应该说什么。

真是莫名其妙。

他用胳膊擦去脸颊上沾的奶油。

都提出要讨论了，竟然还不知道该说什么吗？不，不对。里美是发现了什么打算告诉我，并且她发现的事情很重要，否则不会在只剩三分钟的紧要关头提出要讨论。她应该是觉得这件事重要到必须马上告诉我。

会是什么呢？樋口毅能想到的事情只有一件，那就是笑声。

因为两个人在第六问中的答案不匹配，所以小丑他们往我脸上喷射加了醋的泡沫奶油。当时，我的确听到了笑声。笑声重叠在一起传了过来，可以判断出扬声器那端包括小丑在内至少有三个人，其中一个还是女人。

里美想要告诉我的应该是这个吧，她想告诉我默契游戏的背后有好几个人。

不，等等。樋口毅用手指用力挤压太阳穴。

可能还有别的事情。冷静下来思考，谁都能想到单凭小丑一人是无法组织起默契游戏这个大项目的。至少他不可能一边主持游戏一边给自己对焦，关于这一点，即使是里美也能注意到。

那么，究竟会是什么事？里美想告诉我什么？

"一分钟后将进入第二次讨论环节。请问您准备好了吗？"

樋口毅听到小丑的问话，轻轻点了点头。

不管怎样，这次先听里美说。不要插话，就听她说。

无论自己现在对里美有什么意见，也必须先听她说完。

至于如何判断，后面再说。

显示器上再次出现里美的身影。泪水霎时盈满眼眶。

△▽

最后一声倒计时和蜂鸣器同时响起，里美也马上开口说话。

"阿毅，你听好了。第六问结束后，小丑对我说过这样的话：您二位去京都旅行，第一天晚上，樋口先生问'结婚吗？'在回东京的早上，他又说'我会给你一生的幸福。'……他把我们的对话原原本本地复述了出来，还知道当时发生的每一个场景，你不觉得奇怪吗？什么吃完晚饭、吃完早饭，他连具体时间都知道。因此，我只能认为我们被监听了。"

显示器中，樋口毅说："继续说下去。"

"不只这样，"里美的声音高亢起来，"我大学时交的男朋友毕业后和我一个朋友谈了恋爱，连他们的电话都被录音了。你懂我什么意思吧？小丑他们从很早之前就盯上我了。"

"你说的是真的？"

"嗯，我猜是从我上大学开始的，"里美回答道，"也有可能是更早之前。从那个时候开始，我们就注定了要参加这个默契游戏。为什么会选中我们……"

樋口毅问："他们这么做的目的是什么？"

"我不知道。"里美继续说，"我一直在思考，他们这么做有什么好处。我不晓得我想得对不对，总觉得他们是在检验我们的感情是不是真的——"

蜂鸣器响起。

"时间到。"显示器上又切换成了小丑的脸，"怎么样，讨论得还顺利吗？"

里美塌着肩膀："我不知道。"

她觉得小丑以及背后的人是想检验她与樋口毅之间是不是真爱，

但这只是一种直觉，她给不出任何理由。两个刚结婚的人，检验他们的感情是不是真的，又有什么意义呢？

"那么，让我们重启倒计时吧。"

小丑的声音刚落，显示器上又出现数字 2:59。

"您没忘记第七问的题目吧：现在只有一瓶矿泉水，您愿意把水让给对方吗？您可以写 YES 或 NO，也可以写下您或樋口先生的名字。只要您二位的爱情是真的，那么这个问题就绝对不难。"

里美拿起答题板，从唇缝中溢出一句呢喃："什么是真的爱情呢？"

等她再抬起头，发现显示器上已经没有小丑的身影了。

△▽

樋口毅盯着显示器，眼睁睁地看着数字变成了 00:00。

"时间到。"小丑宣告道，"两位都回答完了吗，对答案有信心吗？"

"吵死了！"樋口毅拭去额头上的汗水。

这个牢笼几近于密室，他的肌肤清楚地感受到室内温度升高了。

小丑说："请把答题板面向显示器。"

樋口毅单手举起答题板："答案是把水让给里美。"

"精彩，精彩。"小丑拍手称赞，"简直是完美匹配。您太太的答案也是一样的。"

显示器上出现里美的身影，她手中的答题板上写着：请把水给阿毅。

"我非常荣幸用这双眼睛见证了世界上真正的爱情。"小丑用两根食指擦了擦眼角，"这个时代，战争、贫穷、犯罪、疾病，各种各样的灾难降临到身处世界各地的人们身上，但是只要心中有爱，所有问题都不会成为问题。您二位就证明了这一点。"

"随你怎么说。"樋口毅将手中的答题板扔到地板上，"你快把水给里美，不用管我。"

墙壁上的盖子打开，一瓶水滚落下来。

樋口毅喊出声："我不是让你给里美吗？"

"您和里美小姐的答案一致，"小丑微笑着说，"我之前说过，当两位的回答一致，我就会送出小礼物，您忘了吗？您夫人那边，我也已经给了。请安心地饮用吧。"

樋口毅紧赶几步，一把抓住瓶子，拧开瓶盖大口大口地喝了起来。当水流过喉咙浸润肠道后，他感觉自己获得了新生。

"接下来还剩三道题目。请您先坐下，"小丑发出指令，"而讨论的机会只剩一次。这样的情况不能说非常理想，但是也不能说很糟糕。可以说，在何时使用最后一次的讨论机会将决定你们接下来的命运。"

樋口毅倒出一捧水洗净脸庞，感到脸上的酸臭味终于减少了一些。

"废话少说，让我们马上进入第八问——"

小丑的这句话还没说完，樋口毅连连摆手制止住对方。

"等等，我好难受，要去吐一下。"

小丑点点头："您请便。"

樋口毅捏着瓶子，往厕所的方向走去。他把脸埋进马桶中，将手指伸进喉咙。

他当然不是真的想吐，不过是想挣得一些思考的时间罢了。

里美说小丑以及他背后的人从很早之前就盯上她了。在上次的讨论中她也说，大学时的朋友的电话被监听了。

里美毕业已经六年，也就是说六年前的电话被录音了。这听起来的确不可思议，但是现状令他不得不相信。

回想自己在京都向里美求婚时的情景，或许真如里美所说，那帮家伙在监视我们，也在监听我们。

里美从小学到高中上的都是教会私立学校，她所在的大学则是以培养名媛而著称。她性格开朗，姿容绮丽，大学时甚至被选为校园之花。

不过最近有类似经历的女性其实不少，就说朱空大学，这十年间已经产生了十名校园之花，算上亚军和季军，总共有三十个这样的女孩。

这些人有的成了播音员、模特，还有的甚至进了演艺圈。相比而言，里美是其中比较低调朴素的。

从家境来说，也是如此。田崎家比一般家庭富裕，但绝对算不上是超级大富豪。她的姨父是永和商事的董事，她家与永和商事创始人锴田一家是隔了几辈的姻亲关系，不过这也没什么大不了的。

总体说来，里美的生活顺风顺水，没有受过什么挫折，可要说多特别，也算不上。这样的里美，有谁会盯上她呢，而且还持续了这么多年？说实话，同龄女孩中有好几个比她更符合作为监视目标的条件。

樋口毅轻轻地咳嗽了一下。

"您怎么样？"小丑问道，"身体感觉好点儿了吗？可以的话，让我们重新进入默契游戏吧。"

他吐了口唾沫，站了起来。

△▽

廉价的小号声再次响起。

"呵，终于迎来决战时刻，真令人激动！"小丑欢快地叫道，"目前还剩三道题，只要您二位完成了，就可以赢得游戏的胜利，并获得两千万日元和豪华礼物——"

"求求你。"里美双手合十，"我什么都不要，你别再玩了。如果是我和阿毅做了不好的事，或者对谁造成了伤害，我真心道歉。我不记得自己被谁讨厌或憎恨过，也有可能是在无意间做了什么，自己不知道。如果有人因此而憎恨我，我一定会赔礼道歉，不管对方要求什么，我都会负起责任来。求求你，饶了我们吧。"

"哦，您可千万别这么说。"小丑谄媚地搓着双手，"就只剩三道题，而且都不难呢。只要您二位是真心相爱，很容易就会回答出来的，简直都是送分题……好的，让我们进入第八问，请看显示器。"

里美意识到小丑是不会停手的，只能看向显示器，那里出现了一行字：

在你的人生中，对方排在第几位？

里美小声说："我不懂这是什么意思。"

"我就猜到您会这样说，"小丑点了点头，"第八问确实需要一些说明。放心，它不难。恕我直言，您在过去经历过不少段恋情。"

"不少……"

"这个说法可能有些冒失，还请您原谅。"小丑垂下头，"不过，这是非常自然的事情，我甚至认为是好事。最近的新闻报道说有超过百分之五十的成年人没有与异性交往的经历，这个数字真是令人不可思议。恋爱是促进个人成长的精神食粮。与某个人热烈相爱，厮守终生固然美妙；与好多人谈情说爱，共享欢愉也是一种生活方式。更何况您是如此美丽，如果到现在还如一张白纸什么都不曾经历过，那才令人匪夷所思呢。同理，我相信樋口先生也是如此。"

"那是……"

樋口毅不是里美的初恋，同样，里美也不是樋口毅的初恋。

里美今年二十八岁，樋口毅今年三十一岁。若是到了这个年纪还没谈过恋爱，反倒是一件奇怪的事情。

不需要小丑提醒，里美也知道现在有越来越多的人选择不谈恋爱。因为当代社会的某些现实情况让人觉得谈恋爱变得没有意义了，并且有这种想法的人正在不断增加。对他们来说，爱情并非必需品。

与他们相比，里美和樋口毅对爱情的态度都是积极的。在此之前，他们已经坦承过各自的恋爱经历，而这些坦承也没有对两人的关系造成任何伤害。

"里美小姐，您还在听吗？"小丑开口说道，"您可能会觉得我啰唆，但我必须表明我的立场：就算您交往过几千个男人，我也是支持您的。现在这第八问问的是，在您历任的男朋友中，樋口先生排在第几位。"

"什么排在第几位……"

"恋爱有多种多样的形式，"小丑用鲜红的舌头舔了舔嘴唇，"幼儿园小朋友喜爱保育员也算其中一种。而且，不是只有两相情愿才算恋爱，个人认为单恋也是十分美好的。除此之外，还有网恋。彼此通过SNS认识，从来没有听过对方真正的声音，也没有见过对方真正的脸，却产生了爱慕之情。这些都不奇怪。"

"我没有，"里美摇了摇头，"我只谈过真实的恋爱。"

"我想每个人心中都有一个特殊的存在，"小丑越讲越激昂，简直像唱歌一样，"他会是您的初恋吗？又或者您第一次认真交往的对象、初吻的对象？这些人在您心中是什么样的？不管是谁，心中都会妥帖地珍藏着一个永生难忘的人。请您好好思考一下，将这个人与您过去交往过的所有对象放在一起排个序。最后，您只要告诉我樋口先生在这张排序表中排第几位即可。"

"你疯了吗？！"里美叫起来，"你在说什么乱七八糟的，恋爱又不是非黑即白的事。在不同的时间处在不同的状况下，对同一个人的感情必然也会发生变化。大家都会下意识地去美化过去。谁排第一，谁排第二，这怎么可能排出来呢？"

"哦，您必须要排出来。"小丑重重地点了点头，"或许确实如您所言，在每次恋爱过程中，您都抱着诚挚纯真的心，认为这段关系中的对方就是自己最爱的人。不过，请您冷静下来仔细思考，您能说所有人都值得您这样看待吗？前面举例时我说您交往过上千人，事实上肯定没有那么多，因此排序绝对不会有难度。"

里美怯弱地喃喃道："你都知道些什么？"

显示器上画面切换，出来一个别着号码牌、穿着体操服的少年，上面写着"一年二班　横山孝则"。

"……为什么，为什么你会有横山的照片？"

横山孝则是里美的小学同学，两个人的家离得近，所以每天一起上下学，一起玩耍。他曾经拿着一块圆圆的石头当作宝石送给里美，请她做他的新娘。

之后，又有一张照片叠在横山的照片上。那是一个穿着西装校服外套的中学生，名叫秋山英次。他比里美高一届，是里美第一次单恋的对象。

很快，一张又一张照片重重叠叠地出现。

里美初三时的同班同学中泽俊幸，也是她初吻的对象。

里美高中时交往过的四个男生。

里美大学时的男朋友。

以及，里美进入永和商事后认识的秘书课东山课长。东山是有妻子的，虽然两人只交往过很短一段时间，但也不能否认里美做了第三者。

"这些当然不是全部。"小丑从显示器上冒出来，"您一度很迷恋一个偶像，不是吗？我认为那也是恋爱的一种形式。哎呀，这么一说，就算您这么美丽的女士，也会有无法实现的爱恋呢。请您将这些人一一排序，然后确定其中樋口先生排在第几位。以上内容，您理解了吗？"

里美怯弱地开口："我排不了序。"

"您可真让我操心。"小丑将声音压低，"关于自己的过去，您对樋口先生坦承了多少？关于樋口先生的过去，您又了解了多少？我认为您最好站在这个角度上好好思考一下。现在，您准备好了吗？"

里美看着小丑，害怕、不安、混乱等情绪纷纷涌了上来，在她的身体内部翻涌成一股糨糊。泪水又涌了出来。

"我十分理解您的心情，但请您务必保持冷静。"

里美听着小丑的声音，忍不住用手按住脸。这一刻，她什么都思考不了。

△▽

樋口毅久久地盯着显示器，小声问道："你们这是什么意思？"

十一个女人的照片以幻灯片的形式出现在显示器上。她们都是他曾经交往过的对象。

看到第一个少女的照片时，樋口毅的脑中一片空白，不明白到底发生了什么。那是他在初一时交往的对象，名叫井川美月。美月是他的同班同学，也是他的初恋。此刻，她正在显示器上笑得像个假小子。

樋口毅和美月是在初一的五月或六月开始交往的，当时他才十二岁，距离现在将近二十年了。为什么小丑会有这样的照片?

　　不只美月的照片，还有樋口毅后来在初中、高中、大学时交往过的女生的照片。这其中最让他震惊的，是高二时只交往过几个月的屋代加代子。

　　加代子比樋口毅大四岁，当时已经是大学生，作为实习老师来到他所在的班级。她姿容俏丽，身上散发出的成熟女性气息更是青涩的女高中生没有的，学校里的所有男生都被她迷得神魂颠倒。

　　实习期差不多持续了一个月，这期间有好几个男生向加代子表白，最后落得个全员溃败的结局。

　　樋口毅其实也很喜欢加代子，或者说倾慕，但是他认为两个人在一起不现实，因此并未亲近，结果反而在加代子心中留下了好印象。当她结束实习课程后，主动给樋口毅留了一张纸条，上面写着她的邮箱地址。就这样，樋口毅和加代子联系上了，并在半个月后开始交往。

　　加代子说过，如果实习老师和学生交往被人发现会闹出很大问题，所以两人的关系绝对不能公开。樋口毅很理解她的立场，万一处理不好，她今后可能连老师都当不了了。

　　并且，地下情对他来说，真是又刺激又有趣。因此，他真的没有对任何人提起过。

　　可是，现在加代子的照片明明白白地出现在了显示器上。这是为什么?

　　樋口毅有向朋友介绍恋人的习惯，有时候干脆带回家，但是他可以肯定，他从没向任何人透露过自己和加代子的关系。

本应该是天知地知、你知我知的事情，怎么会被这些人知道？

"像您这么有魅力的男人，自然非常受女人欢迎。"小丑开口道，"您交往的这些对象也都很漂亮呢。用个老土的说法，她们个个都堪称女神，真是令人艳羡。"

"你们到底想干什么？"

樋口毅的声音已经完全嘶哑了。

小丑无视了他的问题，接着说："我没有说这不好。您天生相貌英俊，又有领导风范，以这些作为武器，可以轻松地吸引到不少女人。这都不是问题。即使有些时候上一段恋情还未结束就开始下一段关系，从道德上来讲有些小瑕疵，但都是可以理解的，毕竟是年轻人嘛……只是，第八问是请您在历任女朋友中确认樋口里美小姐，即您的夫人所处的地位。您只要回答她在其中排第几位就可以了。"

"荒谬。"樋口毅深深吐出一口气，"又不是歌曲排行榜，难道还要选出前十名，给第一名颁奖吗？这种事情，根本不可能做到。"

"您说得很对。"小丑点点头，"不过这是默契游戏。您怎么看待恋爱是您的自由，但是在游戏中，您必须给您的历任女友排出顺序来。"

"我和里美已经结婚了！"樋口毅大声叫嚷起来，"我从来没考虑过排序什么的，但是如果你们一定要求我遵守这个狗屁规则，那么我会遵守。我告诉你，在我的排序中，里美是第一位的。否则我为什么会和她结婚？这不是明摆着的事吗？！"

"是吗？"小丑支起胳膊托住腮，"因为已经结婚所以就将里美小姐排在第一位，这种想法会不会太浅薄了？我这只是假设啊，您想想，万一您小学时的初恋对象是您这辈子最爱的女人，但是法律不会允许您和小学女同学结婚的，大人们还会嘲笑您。除此之外，还有各种类似的情况，和一个人结婚并不等于这个人就是今生挚爱。更现实一点儿来说，因为年龄、环境、经济、人际关系等理由而决定结婚的人不在少数。这些，我相信您应该也清楚。"

"这话怎么说都可以。"樋口毅叩着桌面，"因为已经结婚所以排在第一位，因为排在第一位所以结婚，哪个都没有错，难道不是吗？我从来没想过要排序，也做不到，可又只能按照你们的规则来办。既然如此，那我只能回答你：里美就是第一位！"

显示器画面一分为四，每个格子中都有一个女人的面孔。

"您曾向这四位女性表达过想要结婚的意愿。哦，我先声明一点，我并没有半点儿要指责您的意思。我相信任何人都有可能在某些情境下，顺水推舟地说过类似的话。"

"那些不是玩笑话。"樋口毅按住额头，脑中央一抽一抽地传来阵阵钝痛，"确实也可以理解为顺水推舟，可我只是觉得这样说能让对方高兴，仅此而已。我没有任何恶意，只是……"

"我们结婚吧、我到死都不会离开你、我们一起生活吧、我的心中只有你。"小丑就像一台没有感情的朗读机器，"即使没有明确提到'结婚'二字，这种会令人联想到结婚的话相信您曾说过不少吧。那么，您对里美小姐说这种话时又是什么样的心理呢？您对她的感情又有多真挚呢？"

"你告诉我，"樋口毅痛苦地呻吟着，"为什么你会这么清楚我的过去……我的秘密？"

小丑闭口不言。

这究竟都是怎么回事？樋口毅颓然地趴在了桌上。

△▽

要不要使用最后一次机会和阿毅讨论呢？里美思考着。

两个人确定关系后不久，我和阿毅就开诚布公地谈过各自的恋爱史。

阿毅说他的初恋对象是初中的同年级同学，跟对方告白后，女孩很爽快地答应了。他说起这件事时，还很自豪。

我说自己的初恋对象是小学的同班同学横山。这是真的。我喜欢横山，横山也喜欢我。不过小学生的喜欢不是男女意义上的喜欢，我提起这段初恋，不过是想逗阿毅笑一笑。

至于后面的事情，我没有百分之百地全部坦白出来。我的本意不是要说谎，只是深深明白，为了自己也为了阿毅，没有必要将所有的事情都摊到阳光底下。

阿毅也是一样。他说自己的每段恋爱都很长久，从初中开始恋爱到大学毕业，一共交过五个女朋友。后来进入永和商事，又谈了两次恋爱，对方都不是公司里的员工。

我知道他说谎了。

阿毅进公司后与三名女同事交往过，这件事大家都知道。不过，我不打算追根究底。

　　要说我不想知道那三个人是谁，那是假的。但说穿了，它更偏向于某种仪式。我才不想听到任何会伤害到自己的事。

　　很早，阿毅就有意无意地表现出想和我结婚的意愿，我也想和他结婚，再考虑到彼此的年龄，这段恋爱关系是以结婚为前提就成了心照不宣的事。

　　其间我们遇到过几个小障碍，都毫无波折地克服了。及至阿毅向我求婚，再到两人结婚，我一直觉得自己和阿毅是幸福美满的一对。

　　然而正如小丑所说的，一旦要给人生中那些过往的人排序，事情就变得复杂。我不能简单地因为已经结婚，就把阿毅排到第一位。恋爱和结婚是不一样的。

　　当然，我爱阿毅，同样，阿毅也爱我。

　　可如果有人问，这就是你生命中最热烈的爱吗？说实话，我不知道该如何回答。

　　里美伸向白色按钮的手又收了回来。

　　不，不能想得太复杂。

　　我已经选择阿毅作为结婚的对象，并且是在明确知晓双方都有所隐瞒的前提下做出的选择。

　　在订下婚约的那个瞬间，命运之锤就已经砸下。仔细想来，虽然我未曾在心中排过名次，但是能够作为结婚对象的人从来只有阿毅一个。

既然选择了结婚，那么阿毅就是我生命中最喜欢的人。所以，根本没有必要去讨论。

里美喘出一口粗气，却无法忽略一个事实：

自己的心中，一直有一个无法忘怀的人。

△▽

樋口毅喃喃道："答案一早就定了。这个问题就是圈套，是陷阱。"

可能是恋爱后没多久，也可能是不久前，已经记不清具体是什么时候了，总之我曾和里美就过去的恋爱经历交过底。

说到交底，十几岁的小孩或许会一五一十地坦白，成年人万万不可能。我和里美都没有交代所有事情，说的也不全是真话，而是裹上一张漂亮的包装纸，将过去坦白了一遍。

你要问我到底和多少女人好过，我其实也不记得了，但并非每个都是我的恋人。

让我自己来总结的话，里美算是我最爱的女人，因为我们结婚了。按照题目的意思，最爱的女人排第一，那么第一就是里美。

只有当事人才知道自己心中真正的排位表。或许，我在里美心中只能排第二，里美在我心中也并非第一。但是又有什么关系呢，我说第几就是第几。

我之所以认为第八问是一个陷阱，原因就在于此。小丑以及藏在后面的人，他们想要破坏我和里美的关系。

这帮人逼得我们不得不思考、迷惘，吐出连自己都不知道的真实内心。这就是他们的目的，我才不会上这个当呢。

樋口毅在答题板上写下"第一位"。

不管小丑如何引诱，我都不会动摇。可是，里美会怎么想呢？

第八问的关键就是不能过度思考。越思考，越容易钻进小丑的圈套。并且针对这道题目，小丑特地做了详细的说明，还把我们过往恋人的照片播出来，可以说是设下了重重陷阱将人引向歧路。只要里美开始重新审视内心，给过去的那些男人排出名次，那她就彻底地陷入了泥沼。

事实上冷静下来思考，就会发现答案只能是"第一位"。

里美能察觉到这一点吗？要不要使用最后一次的讨论机会，告诉她对方真正的目的呢？

不，我只能相信里美。

樋口毅缩回伸向白色按钮的手。要是这次使用掉了，后面就再也没有讨论的机会。王牌必须保留到最后。

他注视着显示器，心中还是不明白：这帮人为什么能对我的交友情况一清二楚？

我曾在全班同学面前宣告过美月是我的初恋对象，这意味着至少有几十个人知道我俩的关系，他们能打听到并不奇怪。

现在的问题是他们竟然查到了自己从未向别人透露过、按正常道理没人会知道的对象。他们是怎么办到的？

难道说……

难道说因为我和里美结婚，我也成了这帮人的目标？

不，不应该。

樋口毅用力地摇摇头。

要说这帮人是因为反对我和里美结合，才去调查我过往的男女关系并发现我是不合格的，从逻辑上来看是成立的，但从结果上来看不能成立。原因很简单，我和里美已经登记结婚，而且举办了婚礼。如果他们真是怀着这个目的来让我们进行这个游戏，那太晚了，时至今日改变不了任何结果。

还有一点很重要：刚才放出来的照片并不是全部。

樋口毅的心中藏着一个绝对不能被人发现的女人，幸好这帮人并没有查到她。

只有那个女人的事，到死都不能跟任何人提及。一旦被人发现，那自己的人生就彻底完了。

樋口毅看向显示器，发现时间还剩四分钟。

△▽

里美一边在答题板上写下"第一位"，一边叹出一口气。

此时她心乱如麻，可也知道答案只能填这个，并且确定樋口毅也会这样填。她有信心，这次两个人的答案必然会一致。

还有三道题目，里美小声地算着。因为这道题肯定能通过，所以实际上还剩两道题目。

而讨论的机会还剩一次。这样算来，想在默契游戏中通关还是有可能的。

只是，心中有一抹不安无论如何无法消除。假设我和阿毅在剩下的题目中都能给出相同的答案，小丑他们真会把我们放出去吗？

阿毅，救救我，我好害怕。我不知道该怎么办。

△▽

"时间到。"小丑庞大的脸庞占据了整个显示器，"怎么样，答案写完了吗？这个问题并不难，只要相信对彼此的爱，很容易就能给出相同的答案——"

"别说废话了！"樋口毅怒不可遏地吼了起来，"答案我已经写了，你快继续主持你的愚蠢游戏吧。"

"请把答题板面向显示器。"

小丑脸上的微笑一如往昔，樋口毅和里美一起举起答题板。

"完美匹配！"与小丑的声音一起响起的是小号声，"樋口先生写的是'第一位'，里美小姐写的也是'第一位'，天哪，每个字都是一样的。果然，相爱的情侣就是表现不俗。看到两位给出如此一致的答案，连我这个外人都感到心情愉悦。"

"我管你的心情！"樋口毅把答题板狠狠地扔向显示器，"下一个问题是什么？我没有时间陪你没完没了地废话，我要快点儿结束！"

"好巧呢，我也是这样想的。不过在此之前，"小丑伸开双手，"鉴于您二位在第八问中回答一致，谨奉上小小的礼物。首先是我个人的一点儿心意——把空调打开。您喜欢吗？"

"你终于办了件人事。"樋口毅擦了擦额头上的汗水，"快打开吧。我早就觉得这里热疯了，搞得我脑子一塌糊涂。"

"没有窗是比较闷。"小丑点点头，"真是十分抱歉，因为室外温度只有二十摄氏度左右，我以为没必要呢。那么，现在就给您打开空调。"

头顶上传来一阵钝响，冷气蹿了进来。一直裹着身体的那股酸臭味也逐渐扩散开了。

"这是我个人送出的礼物，另外默契游戏还会给出一份奖品。啊，或许应该说是一份参考资料。"

"参考资料？"

樋口毅察觉到小丑的声音中隐藏着什么。

"我们将为您提供一份参考资料，它直接关系到剩下两道题目的答案。"小丑说，"不过我要提醒一点：它可能会令两位感到痛苦。其实，只要您和里美小姐是真心相爱，彼此信赖，就不需要什么参考资料。只要心中有真爱和信赖，你们给出的答案必将一致。这就是默契游戏。至于要不要看，完全由您二位自主决定。"

"你说会感到痛苦，这是什么意思？"

"有时候真相是会伤到人的，"小丑声音平静，"只有跨过去才能孕育出真正的爱情，共筑更深的羁绊。这也是人生的一部分。请问您决定好了吗，要不要看？"

"你等等。"樋口毅抬起一只手，他听出小丑的话里藏着什么东西。

会是陷阱吗？

"再次提醒，选择权在您自己，您是自由的。如果您要看，告诉我就可以。如果您拒绝，我也会觉得您非常明智。真相，不管对谁来说都是痛苦的。"

"你打算给我们看什么？"

"关于这一点，我没有办法告诉您。另外再补充一件事，前两次的讨论时长都是三十秒钟，第三次将会延长到三分钟。毕竟是最后一次，我总得给您一些优惠。"

"你和里美也说过了吗？"

"当然。"小丑用力点点头，"我已经向里美小姐传达过了，她也还没给出回复。"

"你再告诉我一件事，你给我看的东西和给里美看的是不一样的吗？"

"哟，您可真是个难缠的谈判专家，"小丑故作钦佩地摇摇头，"在一流企业工作的销售精英心中，是不是没有放弃这个选项？顽固地坚持到最后一刻，真是令人感佩万分。"

"你打算给我们看不一样的东西？"

"是的，您猜对了。"小丑说，"您二位看的内容是不一样的，不过只要双方同意，过后您也可以看里美小姐看过的内容，里美小姐也可以看您看过的内容，可以交换着看。具体是否要这样做将在您二位观看完毕后另行讨论。还有什么不明白的吗？那么，我再问一次：樋口先生，您要观看参考资料吗？"

"等一下，"樋口毅按住额头，"你让我再想想。没问题吧？"

"说要早点儿结束默契游戏的是您呢。"小丑的脸上泛出一丝嘲笑，"当然可以。您随便想，我等您的回复。"

显示器上画面一变，成了雪白的一片。

△▽

"他们说要给阿毅看东西……"

里美小声嘀咕着，脑海中第一个想到的是自己的裸照。

大学时我和一名叫港的男生短暂交往过，当时他拍了我的裸照。为什么会被拍裸照呢？时至今日，我依旧不是很清楚。

我并没有喝醉，但莫名其妙地就脱了衣服，让港拍下了自己的裸体。或许那个时候，我渴求着某种刺激吧。

港比我大一届，本性并不坏。分手的时候，我让他删掉手机上所有我的照片，他二话没说，很爽快地当面删除了。说起来，港应该也只是临时起意才拍了那样的照片吧。

这件事发生在八年前，我是看着对方删除的——当然不排除港提前把照片传到了电脑上。可已经过去了这么久，我也没发现港用我的照片做过坏事，或者报复性地曝光到网上。否则，就算我自己没看到，朋友们发现了肯定也会来告诉我的。

不是裸照会是什么呢？小丑这帮人花了很长的时间一直在监视我的一举一动。在这个过程中，他们肯定偷拍或偷听过。

或许他们的手上有我和某个男人约会、在路上及电车上接吻的照片和视频。这听起来有点儿像狗仔队干的事，操作起来却意外地简单。

不，不对。

我这个年纪固然不能说年少无知，可这种程度又没什么关系，类似的事大家应该都做过。事实上，我和阿毅在外面就接过不少次吻。比如在吃饭的店里，在出租车里，在下班回家的电梯中。

当然，我可以想象，阿毅如果看见我和前男友们这样的照片，一定会不高兴。

换个角度思考，如果是我看见阿毅和其他女人手挽着手走路或者开心亲热的照片，也会恼火。

但是，无论如何要忍住。小丑说了，这份参考资料直接关系到剩下两问的答案，所以最好还是看一下。为了从这个牢笼出去，即使心生厌恶，也要忍耐。

可是，万一小丑手中的东西对我来说是致命的，又该如何？

比如说，东山。假设是我和东山在一起的照片被偷拍到，那怎么办？我绝对百口莫辩。我甚至不敢想象，阿毅要是知道了我和东山的事，会如何受伤，又会如何发怒？

万一是这种致命的东西，绝对不能给阿毅看。一旦被看到，我纵使能从这里出去，整个人生也完蛋了。

"为什么……我为什么要和那个男人上床啊？"里美用两只手掩住脸面。

而且，为什么直到现在，我还忘不了他。

△▽

时间过去大约五分钟。

显示器上小丑问："您考虑得如何？需要在第九问前观看参考资料吗？顺便再透露两点：第一，该参考资料关系到第九问和第十问的答案；第二，该参考资料可能会干扰您的判断。不管如何选择，都是您的自由。"

"如果不看这个参考资料，我和里美的答案就会不匹配吗？"

小丑回答道："那我不清楚呢。"

"你刚才不是说，它可能会干扰我的判断？"樋口毅用手指戳着显示器，"也就是说看了没有任何好处。"

"您还是没有懂，"小丑叹出一口气，"请别忘了里美小姐。我已经跟她说明过了，问她要不要看这个参考资料，目前她还未回复。她最后可能会说要看，也可能会说不看。这就出现一个问题：万一您决定不看，里美小姐却说要看，到时候会发生什么呢？"

"会……"樋口毅用力按住头，感到脑袋越来越痛，"会只有一方获得信息。"

"对呢。"小丑用力地点点头，"现在默契游戏已经进入第九问。若只有一方观看参考资料，即单方面获得信息，那对您二位后续局面的展开将会非常不利。相信您也清楚这一点。简单来说，要么您二位都看，要么您二位都不看，二者任选其一，才会有利于你们后面的游戏。请您在慎重思考的基础上做出判断。"

在小丑结束这段长篇大论前，樋口毅听到了一个很小的声音，小到不仔细听几乎听不到。

他瞪着显示器："你刚才说了什么？"

"您指什么呢？"小丑歪了歪脑袋，"那么，请告诉我您的考虑结果。我也好，您也好，都想尽快结束这次的默契游戏。不管多么有趣的游戏，到一定阶段总是会令人厌倦，这是人之常情。我想您应该思考得差不多了，要看参考资料，还是不看呢？"

樋口毅烦躁地挠了挠头，不由得说了句脏话。

直觉告诉他，最好不要看这个参考资料。这不是脑袋思考后得出的结论，而是一种本能反应。他现在只有一种很糟糕的预感。

樋口毅清楚里美肯定是要看的，而且为了尽快完成游戏，他需要尽量多地获取信息，不看会比看更让人不安。

"给我看吧。"他用力咬住牙关，"你们的计谋成功了。一不做二不休，以毒攻毒。只有一方看的话，因信息不对称会导致双方判断错位，最后降低答案的匹配率。所以，你快点儿给我看吧。"

"您的判断是正确的。"小丑说，"既然您和里美小姐都已经做出了选择，我不妨交个底。就在刚才，里美小姐决定观看参考资料，所以毫无疑问，您最好也选择观看。那么，我将在两位观看完参考资料后再给出第九问的题目。"

"等等，"樋口毅探出身体叫住小丑，"在此之前，你先告诉我一件事情。在你刚才闭嘴的瞬间，有人说了什么。你不用否定，我不会相信的。虽然声音很小，但我可以肯定我听到了。"

小丑看向天花板："我不记得呢。"

"不可能。"樋口毅愤怒道，"那个人说'别说了'，是个男人的声音。那是什么意思，别说什么？"

"我没有时间向您解释。"小丑从正面看着樋口毅，"有一些事情，我也不清楚。您再怎么让我解释，不清楚的事情就是不清楚。好了，现在请您看向显示器。这就是参考资料。"

显示器中的画面在樋口毅面前切换，有一个瞬间，他不明白那到底是什么。

Hint

—

参考资料

参考资料里的场景，里美觉得似曾相识，这是永和商事的小会议室。

该会议室一般供小组开会使用，如果有其他公司来人，也在这里招待。此时视频中，出现在这个小会议室的是樋口毅。

摄像头从正面捕捉到樋口毅的脸，他背后的窗外耸立着子公司永和 QUBE 的巨大办公楼。

会议室里只有他一个人。他没有坐在椅子上，而是办公桌上，右手中拿着手机。里美可以清楚地听到他打电话的声音。

"……我要结婚了。对啊，和里美……也说不上有多好。你不要再取笑我了，没有那样的事。怎么说呢，她还是个孩子。不不，我指的不是身体，我说的是她的脑子。……身材？身材也没有你说的那么惹火啊。胸超小的，你平时看到的不知道里面垫了多少层……"

画面到此静止了。里美花了一些时间才搞清楚这是怎么回事。

从阿毅的说话方式可以判断出，电话那边是某个和他同时进公司并在其他部门任职的同事。对方估计是听说阿毅要结婚了，所以打来电话，半是祝福，半是打趣。

当然，也不一定就是关系那么好的同期。现在这个世道，很少有人会向外人极力赞美自己的结婚对象，特别是男人。

这类似于某种遮羞方式吧。别人说你老婆真漂亮啊，你当然不能大大咧咧地承认下来，只能回答说："漂亮什么啊，卸完妆我都不认识她了。"这算是心照不宣的社交潜规则。

"对啊，她可好了。长得漂亮，笑容甜美，性格也好，做起家务来又勤快又高效，对我还十分体贴照顾。"世上不可能会有这样回答的男人。他要真这样回答，只能说明他是个傻瓜。

女人或多或少也有类似的倾向。越是扬言自己男朋友完美的人，越是容易分手。

这些里美都明白，但还是觉得樋口毅过分了。

他说我孩子气，没有脑子。这是最低级、最恶毒的侮辱。他还对我的身体评头论足，说什么胸小，他是不是有病啊？

不管电话那端是关系多好的朋友，也不能说这样没有底线的话。

显示器上画面一转，又映出阿毅的侧脸。

"永和商事里的女偶像？哈，你们太高看她了。那张脸确实清纯漂亮，够得上偶像的水平，其实不是玉女系哦。我看她的经历绝对不少。她自己说以前就谈过三四个男朋友，鬼才信哪。……谁？H先生？啊，我听说过，我知道他俩的事。不过……"

画面再度静止。里美闭上了眼睛。

原来阿毅知道我和东山的事情啊。我刚进公司就被分配到了秘书课，当时的课长是东山。他工作能力出众，对公司里的大小事务也都非常了解。作为新进员工，我从他那里学到了不少在公司和社会上生活所需的常识。

在我看来，东山是个真正的大人。我和他相差近二十岁，却不可抑制地被他的温柔所吸引。

我知道东山已经结婚，不过又有什么关系呢？我们互相喜欢。在公司年末聚会回来的路上，东山邀请了我，我们一起度过了一晚。啊，也有可能是我邀请的东山。

在那之后，这种关系一直持续着。

对东山来说，和公司董事的外甥女搞婚外情，风险不小。一旦被人发现，职业生涯就算彻底结束了。

对我来说，也是一样的。进公司才一年，一个二十二岁的年轻女员工几乎每天晚上幽会四十岁的课长，一旦被人发现，必将会被打上轻佻浪荡、不守妇道的烙印。

高风险和紧张感是维系这段关系的发动机和汽油燃料，它们反而带来别样的刺激。而且，东山身上有我历任男友都没有的浪荡。他固然没有年轻男性的充沛精力，不能给我类似于运动的爽利快感，但能给我其他的幽暗的愉悦。

这段见不得人的感情持续了将近半年，最后无疾而终。我们没有提分手什么的，因为一开始双方就默认不会长久。

只是在此之后，我心中一直无法忘却东山。

并不是说时时刻刻都在思念对方，只是偶尔地他就会浮现在我的眼前。即使开始和阿毅谈恋爱，这种情况也一直不曾改变过。我把心落在了东山身上。

乃至最后决定结婚，我以为自己终于从东山的魔咒中解脱出来了，不承想阿毅竟然已经知道了。

里美想吐。不，一切都完了。

"您感觉如何？"小丑的声音响起，"樋口先生提议说，互换参考资料分享信息，您意下如何呢？"

"你给阿毅看的是什么？"里美歇斯底里地叫起来，"我在那里面说了什么，做了什么？"

"总之不是您的全部。"小丑回答道，"默契游戏也不是全知全能的，您要说我什么都晓得，那是不可能的。我只是把和您有关的一点点信息给樋口先生看了——"

"给我看！"里美的语气变得强硬，"到了这个地步什么都无所谓了。要想通关默契游戏，最好脱光了一起看。只能这样，难道不是吗？"

"那么，如您所愿。"

小丑打了个响指，显示器上画面一变。

△▽

樋口毅不可置信地喃喃道："刚才那些算什么……"

小丑给他看的是里美和朋友在 LINE 上的群聊记录。文字已经从显示器上消失，却深深地钻进了他的心里。

萨米、塔希尔、opp、小优，似乎是营业部女员工组的一个群。

萨米是里美，至于其他几个人的昵称，他对不上号。

"恭喜恭喜！"

"预祝新婚快乐！"

"成功拿下绩优股，真棒！"

"Congratulation，撒花！"

群聊最前面是几条祝福的信息，然后是里美表示感谢的回复。

因为没有上下文，樋口毅不是很确定，猜测是里美跟同事们汇报了自己要结婚的消息。

这种小群多是闺密吐槽，别看前面一片喜气洋洋，后面指不定有什么残酷信息等着轰炸。

"嘿嘿，作战成功了呢。"这是塔希尔。

"只要看上，绝对弄到手！"这是另一个人。

"那当然！"里美回了个竖拇指的表情包，紧接着她开始发牢骚，"为了让他向我求婚，我费了不少精力呢。"

之后其他几个人紧跟上没有节操的发言：

"樋口毅太自以为是。"

"他觉得自己很受欢迎，鼻子翘得老高了呢！"

"反正最后也是被拿下了。"

后面的对话也一直在嘲笑樋口毅。

可以想象，里美和其他三个人应该是年龄相仿，大家在这个群里无所顾忌，什么话都会讲。

里美是这个小团体中第一个定下婚事的，其他三个人出于嫉妒很容易说出讽刺的话。而且就算没有这层关系，有些人也会不由自主地想去嘲笑别人。

因此，她在小群里说他的坏话，诋毁他，樋口毅是理解的。这都是不得已的事情，她不可能一个劲儿地夸赞自己的未婚夫。身为成年人，即使是在 LINE 这个虚幻的网络世界中，也必须讨得他人的欢心，这就是现代社会的常识。

可是……他用力地用手指挤按额头，可是那些话真的太恶毒了：

也就看着年轻，还不是个三十多岁的大叔；天天把自己往年轻里捯饬；哎哟，把白头发都染黑了呢……

这之中，又数里美本人的话最露骨，列举了种种不满：

他睡过的女人估计不少，但那技术是真不行，中看不中用，几分钟就结束了……

樋口毅知道闺密之间吐槽往往喜欢走下三路，可是这样诋毁自己的结婚对象真的合适吗？即使作为玩笑，也太恶毒了。

"樋口毅看上去会出轨呢。"有个人说。

"呵呵，我觉得我会比他更快出轨哟。"里美答道。

接下来跳出了好多个微笑的表情包。

群聊截图就到这里，后面没有接着显示，樋口毅直觉会是更惨不忍睹的内容。

他并不认为以上全是里美的真实想法，有一部分应该只是为了炒热气氛特地夸张的。但毫无疑问，这些句子后面隐藏着她内心真实的想法。

她到底把我当成什么了？

"您不用太介意。"小丑的声音凭空出现，"得意忘形是人的天性，更何况里美小姐是天生的宠儿，是人生赢家。现在的年轻人特别会察言观色，就怕自己不合群。好朋友都冷嘲热讽上了，自己怎么着也得有奉献精神，说些更露骨、更难听的话才是啊，都是没办法的事……啊，先不管这个，我们言归正传。刚才的 LINE 信息是第九问的重要参考资料，请您在理解这一情况后做出判断：您要看里美小姐看过的内容吗？同时，里美小姐可能也想看刚才那些截图——"

"我要看。"樋口毅半是自暴自弃地大声回答，"你们是不是偷拍了我和其他男的喝酒时谈论里美的视频？给里美看的是那种视频吧？"

小丑的嘴角高高吊起，微笑起来："我无法回答您呢。"

"我确实和别人谈论过里美。"樋口毅说，"她以前是校园之花，有很多男的都过来打听。可就算在酒桌上，我也不曾那么恶毒地诋毁过她。我很清楚，对于女性，有些话可以说，有些话绝对不可以说。"

"哎哟，真没想到您竟然会这么说，我太惊讶了。"小丑夸张地张大嘴巴，"您的意思是自己非常有良知和风度？我相信您说的，不过就算是您这样的优秀人才，心中也藏着不能为外人道的过去吧……啊，又失礼了。我真是太多嘴。既然您和里美小姐都已经同意要分享信息，那么请看显示器吧。"

画面切换，上面出现了在小会议室里打电话的樋口毅本人。

△▽

"不！"里美忍不住用手掩住嘴巴，"这些截图是怎么回事，你们从哪儿拿来的？"

我加了公司里的工作群，还加了几个平时闲聊吐槽用的小群。此时显示器上这些群聊正是营业部第一课到第三课和我同龄的几个女同事组的小群。

萨米是我自己，塔希尔是平田悦子，opp是以E罩杯自傲的野田葵，最后一个小优是原山结花。

除了营业部的这个群，我还加了秘书课同事组的群以及关系好的几个同期员工组的群，只是最近都没怎么在那些群里活跃。

工作环境一旦变化，针对职场的不满、牢骚也跟着变化，这个部门很难理解那个部门的痛苦。渐渐地，我变得只和营业部同事聊天了。

无意义的唠叨，小小的牢骚，购物信息，美味餐厅，以及男女关系。这些是我们的主要话题，只是话题偶尔会脱离掌控。

我是群里第一个订婚的人，且对象还是阿毅——这位公司中的希望之星。和他结婚，等同于向其他女人宣告：现在我高你们一等。

小姐妹们对此心知肚明，并且明白想要吐槽只能趁此机会。我也已经做好被人半真半假地挖苦、嘲讽的心理准备。

说实话，我没心思当老大，也不打算炫耀自己，觉得随意敷衍一番，糊里糊涂地和小姐妹交往是最轻松的。出于这样的考量，我特地以低姿态在群中汇报了这个消息。只有将结婚喜讯掩饰成一场笑话，才有利于我们今后长久的交往。

然而，我万万没想到有一天这些聊天记录会被曝光，并且因此伤害到阿毅。这和我的初衷不符，我从未这么打算过。

事实上，在群聊的后半段，我又补充说了阿毅的很多好话，还说上面提到的想出轨只是开玩笑，其实非常开心自己能和阿毅结婚。

小姐妹们也理解我先抑后扬、喜欢阿毅的心情，都再次真心地道了恭喜。

"这算什么？！"里美仰起脸大声质问，"你们只截取对你们有利的部分，重新编辑！听见别人在背后说自己的坏话，是个人都会生气，阿毅看到这个自然也不例外。你们明知会这样，才故意给他看的吧？"

"您说重新编辑吗？"小丑用食指搔了搔脑袋，"这个有点儿冤枉呢，我确实只拿到了部分的聊天记录。我可从没有破坏您在樋口先生心中美好形象的意图。说到底，这不过是一份信息——"

"我要和阿毅通话。"里美按下代表讨论的白色按钮，"我要现在马上跟他解释，把这个误会解开。我从没有想过要伤害阿毅，这些不过是女生之间无关痛痒的玩笑话……"

"我已经向樋口先生转达了您要讨论的请求，"小丑打断了里美的话，"不过我有一个忠告：第九问的题目还没出来，而您二位讨论的机会只剩下一次，您确定此时此刻要在情绪这么激动的情况下和对方通话吗？个人认为，还是在第九问出来后再联络比较好呢。"

"不，我要在出题前解释清楚。"里美再次按下白色按钮，"现在这样，我们的心都散了。你不是也说过吗，双方没有了信赖关系，给出的答案不可能一致。"

"您的决定或许是正确的，"小丑点点头，"不过您也知道，如果不是双方都同意，讨论无法成立。我可以把您刚才所说的话原原本本地转达给樋口先生听，但不保证他不会拒绝，届时还请……"

"你去告诉阿毅，"里美双手合十，"你去告诉他，我最爱的是他，最信任的也是他。就算有误会，说开了肯定都能理解……"

"如您所愿。"小丑恭敬地低下头。

这时，里美清楚地听到另一个男人的声音："等到那时，喂……"

△▽

"里美小姐要求进行第三次讨论。"小丑没有感情的声音响起，"正如我之前跟您说明的，刚才的信息是第九问以及第十问的重要参考资料，而目前，您二位已经共享了信息。在共享信息后，里美小姐要求马上与您通话讨论。"

"她说要谈什么？"樋口毅擦拭着脖颈上淌下的一道道汗水。明明空调都开了，汗水还是止不住地流下来，他甚至都搞不清自己到底是心虚还是燥热。

"请问您考虑好了吗，要不要讨论？"

"我们只能通话，不是吗？"樋口毅的声音虚弱而无力，"按照目前的情况，我们只会互相怀疑，在这种状态下去回答剩下的两道问题，给出的答案不可能一致。为了在默契游戏中顺利通关，我们现在只能通话讨论，把所有的误会都解开。"

"有一个词叫'战术'，还有一个词叫'战略'，"小丑说，"刚才您所说的是从战术观点做出的判断。我认为您应该把眼光放得更长远一点儿。第九问的题目还没有出来，有可能这道题目根本不需要考虑什么误会、矛盾，您和里美小姐就能得出一致的答案。"

"那你让我怎么办？"

"至少等第九问的题目出来后，再考虑要不要讨论，不应该是这样吗？"小丑探出身子，"到那时候也不迟。现在，您和里美小姐的思维都有些混乱。您只要冷静下来，就会明白我说的有道理。当然，我非常理解你们想立刻解开误会的心情。"

一架纸飞机飞到小丑的身前。

小丑打开纸飞机看了起来，轻轻地点了点头，然后垂头说道："不好意思，我多话了。在默契游戏中，玩家本人的意志优于一切。如果您二位都想马上通话讨论，我是没有权力阻止的。里美小姐已经按下白色按钮，接下来就由您自己判断。请您考虑后做出选择。"

之后，小丑闭上了嘴巴。

樋口毅痛苦地抱住头："我该怎么办？"

讨论的机会还剩一次，而题目还有两道。

我们可以在任何时候讨论，甚至是第十问出来之后。不用想都知道，那才是资源的最合理利用。

可是，答案不匹配已经累计两次，再来一次就彻底完蛋了。不能想象，届时小丑这帮人会做些什么。

心中只剩下不祥的预感。或者说，我确信将会发生很糟糕的事情。

此时，我和里美之间充斥着对对方的不信任，以及为自己的辩解。里美认为我们应该马上交流对话，尽快重拾信任关系。这个想法是对的，就算是我自己，也迫切地想这么做。

目前的问题是，要不要在这个时间节点使用掉讨论的机会。

假设不立刻讨论，而选在出题后，那双方都会认为对方所说全是借口，全是谎言。万一这时第九问的题目恰恰与我和里美之间的信任有关，该怎么办？我们无法承担出现第三次答案不匹配的后果。因此，我们是不是应该现在马上讨论？

被极度的高压裹挟着，甚至连正常呼吸都变得不可能。

里美之所以提出要现在讨论，就是因为败给了这股压力。她觉得只要能和我通上话，心情多少会轻松一些。我也是同样的想法。

现在立刻讨论是有好处的。小丑称刚才那些内容为参考资料，实际上不过是罪犯们恣意审改的信息。只要我和里美讲明白这一点，误会很容易就能解除，这样就不难在第九问中给出一致的答案。

然而，如此一来我们在第十问时就没有"讨论"这张王牌了。玩游戏有一点非常重要，就是将王牌一直保留到最后。

樋口毅伸向白色按钮的手被理智用力地拉拽了回来。

小丑的建议是对的，应该在第九问的题目出来后再决定要不要讨论。这样，成功应对最后一问的可能性又增加了一些。

"快给出第九道题目！"樋口毅攥紧手腕，对着显示器喊，"我要根据题目内容再决定到底要不要讨论。你去跟里美说，刚才视频中和我通电话的是一起进公司的同事。那些话都是无聊的玩笑话，只有傻子才会沾沾自喜地跟别人说自己女朋友这好那好的——"

"我是司仪，"小丑轻轻地摇摇头，打断了樋口毅，"我的任务只是推动游戏顺利进行。我并不介意帮您转达一些必要的小信息，但是您刚才所说的那些必须由您亲自向里美小姐说明。游戏中的讨论就是为了解决这些需求而存在的。"

"让她相信我，这句话你总可以帮我转达吧？"

"这不在我的工作范畴内，"小丑说，"不过您都说到这个份儿上了，我可以帮您向里美小姐转达：您将在第九问的题目出来后再考虑是否讨论。里美小姐是一位聪明的女士，想必会理解的，我相信她会认可您的方案。"

"你是默契游戏的司仪，"樋口毅用手指着显示器，"后面还有人在指挥你。他是谁，他在哪儿？"

他阻止了打算张口的小丑。

"如果说你是司仪，那么他就是导演。"樋口毅用力地捶着桌面，"是刚才那个给你扔纸飞机的人吗？之前你跟我说要么两个人都看参考资料，要么都不看，要想在接下来的游戏环节中处于有利地位，只能二者选其一，这时有人让你闭嘴。他是嫌你透露太多了吧？告诉我，这到底是怎么回事？"

小丑耸了耸肩："我无法回答您的问题呢。"

"我认为你是有意站在我们这一边的，"樋口毅从椅子上站起来，靠近显示器，"自从默契游戏开始，你啰啰唆唆地说了一大堆，其实好几次向我们透露了有用的信息。我不知道你为什么这么做，但能肯定你是我们这边的，对吧？求求你，帮帮我们。我们该怎么办？没有能从这里逃出去的办法吗？"

"我只是司仪，"小丑重复道，"不会偏袒任何一方。保证默契游戏公平公正地圆满完成是我的工作。您认为我向您透露了有利的信息，那是您的自由，但我绝对没有故意这样做过。倘若一个司仪做这种事，会导致整个游戏无法开展下去。"

樋口毅用手撑住显示器外的防护玻璃："你既然这么说，那我再说什么都是白费口舌。"

小丑没有回答，只是说："请您回到座位上。就在刚才里美小姐给出答复，表示将按照您所说的，在第九道题目出来后再考虑要不要讨论。我认为您二位做出了冷静且正确的选择。"

樋口毅抓起放在地上的矿泉水瓶，喝了一口水。

"那就这样吧。给出第九问的题目，根据题目内容，我有可能不会使用讨论的机会。最后到底怎么决定，等看了题目再说。"

"真是睿智的选择。"小丑点点头，"为了获得胜利，忍耐是必须的。好的，接下来为您揭晓第九问的题目，请看显示器——"

小丑的身影消失，樋口毅看到显示器上出现一行文字：

在确定要与对方结婚后，您出轨过吗？

"出题的人是傻子吗？"樋口毅简直无法忍受，"没有比这更没有意义的问题了。"

这道题目问的是在产生结婚意愿后有没有出轨过，只要考虑我向里美求婚后发生的事情即可。更精确地说，应该是指正式定下婚约之后。

不管哪个，反正结果都是一样的。

之前的第四问"我曾不忠于对方"是一道是非选择题，"YES"或"NO"，答案二选一。

虽说是二选一，但题目其实并不明确，有可辩解的空间。它可以指我和里美交往期间有没有花心过，也可以指在过去整个人生阶段我有没有脚踏两只船过，具有一定的迷惑性。故而，小丑特地做了补充说明。

与之相比，第九问限定了"在确定要与对方结婚后"这个前提条件。

那么，不管事实如何，答案肯定是没有。就算我或里美在确认要结婚后又和别人搞到一块儿，可能承认吗？不可能的。第九问没有任何辩解的可能。

所以，只要在答题板上写下"NO"或者"没有"就能万事大吉。这种事，小丑那帮人难道不清楚吗？

我知道里美在与我订婚后和其他男人见过面，也不打算指责她，反正我自己也和别的女人上了床。婚礼越来越近，准新人很容易鬼迷心窍做出糊涂事。我和里美也不例外。

里美可能察觉到了我和奈奈的关系，不过没关系，我们已经断了。我并不是说断了就可以被原谅，但说真的，那都是结婚前的事了，只要我和里美都不声张，就相当于什么都不曾发生过。

然而，还有一个女人。只有那个女人的事，绝对不能被任何人知道。

我和她是一夜情，当时双方都喝醉了。完事后，我们从情人旅馆出来，各自回家。本该干脆利落的事，没想到却留下了隐患。

里美知道那个女人的事吗？看她平时的样子应该是没有发现，但也有可能是故意装的。

那个女人一直存在，而我对她做了道德上都无法原谅的事。

这件事只要泄露出去一丝半点儿，我的人生也就毁了。所以，绝对不能说，绝对不能在答题板上写"YES"。

浑蛋浑蛋浑蛋浑蛋浑蛋！

我为什么会做那种事？

樋口毅双手捧住混乱的脑袋。

△▽

里美盯着显示器想，答案只能回答"没有"。

在确定要与对方结婚后，您出轨过吗？

这道题目，任何人都不会回答"有"的。

默契游戏的正确答案，从来和事实没有关系。它只看重玩家的答案是否一致。所以，即使其中一方真的出轨了，也没有必要去认真思考。

此时她心里在想的是其他事情：要尽快和阿毅说上话。

第八问中作为参考资料出现的影像一直无法从她的脑海中消逝。

那些群聊记录被编辑过，掐头去尾地呈现出来，阿毅看到后，肯定会产生误解。

我知道，小丑他们的目的只有一个，就是在我和阿毅之间埋下不信任的种子。按照目前的情况，如果什么都不去做，就会彻底如他们所愿。为了防止发生这种糟糕的局面，只能是马上通话消除误会，可阿毅拒绝了和我讨论。他认为要在第九问题目出来后视情况而定。

冷静下来仔细思考，阿毅的做法是对的。问题还剩下两道，而讨论的机会只剩下一次。

不管最后一道题目会是什么，都需要在答题前统一战线，所以讨论应该留在那时候。

里美再次看向显示器，发现还剩不到十二分钟。她拿起答题板，写下答案：

我不可能出轨。

△▽

和里美定下婚约、互换订婚礼后一个月，樋口毅参加了一个酒局。

酒局是大学时代同一社团的好友们听说他要结婚了特地组织的。既是向他表示祝福，也是提前为他开单身派对。

参加酒局的全是男人，可以想象肯定会闹得无法无天。不过偶尔来一个这样的夜晚，也挺不错的。

那天是周五，大家果然无所顾忌，也不客气，最后所有人都喝醉了。喝完后不尽兴，又转战去另一家店喝。之后去卡拉 OK 唱了差不多两个小时，这时有人提议去夜总会。

大学时，我们一周会去夜总会玩上两三次，上班后反倒没怎么去了。

所以在那一刻，我们是多愁善感的，被来自过去某种悠远时光的情绪包围了。

以前我是社团的团长，现在就要成为某个人的丈夫，可见青春确实离我们越来越远了。我们都感到了一种伤感。

在伤感中，所有人一起去了大学时经常玩的位于六本木的夜总会，把身体交给音乐肆意起舞。不知道是谁勾搭上了三个女大学生，于是大家又一起坐下来喝酒。

直到这里，我都记得很清楚，可后面记忆就断片了。等我恢复意识，发现自己和一个挑染了几缕茶色长发的女孩单独在一起。

在那种情况下，只能顺水推舟，将身体交给本能。气氛正好，女孩长得又很对我的胃口，我们一起出了夜总会，去往位于芋洗坂的情人旅馆。

当时，我的心中浮现出了对里美的愧疚感，想着这种事不会有第二次。

毕竟，结婚之后，堂堂永和商事的商业精英是绝对不可能和在夜总会里搭讪上的女大学生上床的。

我没想给自己正名，只是觉得所有男人都会经历类似的情感，并且打算今天之后就收手。

最糟糕的是，我还清清楚楚地告诉了秋江自己的真实名字，并透露自己是永和商事的员工。万一秋江把我的事情告诉了别人，那我的名声就彻底毁了。

不过退一步说，看秋江的表现，她应该也是情场老手了。因此，双方都只能保持沉默。

还好，从那以后，我再也没有见过秋江。

想到这里，樋口毅突然意识到一件事：小丑以及他背后的那些人是一直盯着自己的。监听、监视应该都有，跟踪的事恐怕也没少干。不管自己在什么时候、什么地点做了什么事情，那些人都一清二楚。

小丑尖厉的声音响起："还剩最后三分钟。"

显示器上的数字一刻不停地在变化着。

△▽

"时间到。"小丑欢快地宣布道，"写完答案了吗？请先将答题板扣在桌上，看向显示器。"

"等一等。"里美举起一只手问道，"如果这一题我们的答案不匹配，会怎样？"

小丑回答道："哦，那就游戏结束。"

"不，我不是这个意思。"里美摇了摇头，"游戏结束后会发生什么？我问的是这个。"

"全部都会终结，"小丑恭敬地施了一礼，"并会对您二位进行相应的惩罚，仅此而已。惩罚很简单，不需要特地说明。如果您一定要我说点儿什么的话，那我只能说，这种消极的心态非常不好。"

"消极？"

"您只需要考虑游戏通关的情况就好。"小丑微笑着，"如果一直想着失败后怎么办，只会招来坏的结果，世上的事情总是如此。那么，现在揭晓答案，请举起答题板面向显示器。"

小丑展开两只手，里美慢慢地将答题板面向显示器。

与廉价的小号声同时响起的，是小丑的一声"完美配对"。

"简直太令人感动了，两位自从确定要与对方结婚后，就再也没有出轨过。呵，这也是正常的事。只要认定对方才是自己终身的伴侣，那么即使还没举办婚礼，其实也已经和夫妻一样了。此时再与其他异性发生关系，道德层面就过不了关。话虽这么说，现在这个世道真是可悲可叹，现实中——"

"我求求你，别再说了。"里美把答题板扔在地板上，"第九问算结束了吧？问题只剩最后一个，只要我和阿毅顺利完成，就可以从这里出去，对不对？"

"您说得很对呢！"小丑重重地点点头，"另外，我们还会奉上豪华礼物以及两千万日元的奖金。我发自内心地为您和樋口先生祷告，希望你们能够顺利完成最后一道题目。"

"在第十问开始前，我要先和阿毅通话讨论。"

里美按下白色按钮。

"真是明智的选择。"小丑点点头，"您也可以选择在第十题的题目出来后再行使讨论的权利，只是到时候，万一您二位不小心涉及具体的答案，我又不得不重新出题目。这是游戏的一般规则。"小丑继续说，"因此，在现在讨论是最合适的——或许，也可称之为最终作战会议。樋口先生似乎也是这么理解的，因此就在刚才发出了讨论的申请。"

里美轻轻地吐出一口气。

"之前也说过，"小丑轻咳了一声，"最后一次的讨论时长为三分钟。前两次都是三十秒，这次可是足足增加了六倍。世上再也没有比这更贴心的特殊服务了。"

三分钟。

里美看向显示器。有了这三分钟，自己应该就可以和阿毅分享信息，并统一接下来的作战方针。

一定要冷静。她紧紧咬住后槽牙。不能感情用事，不能冲动，哪怕一秒钟也不能白白浪费掉。

三分钟，一百八十秒钟。

她要和阿毅在这段时间里商讨出对策，完成最后一个问题。不能去想其他有的没的，只专心思考这个问题。

"可以进入讨论环节了吗？"小丑问，"又或者，您还需要时间再整理整理思路？太久不行，不过我可以给您几分钟时间。另外，樋口先生那边已经准备妥当，随时可以开始。"

随着小丑的最后一句话音落下，显示器画面一分为二，右边出现了阿毅的脸。他看上去虽表情僵硬，眼神中却没有迷茫。

"两分钟。"里美说，"你跟他说两分钟后我们开始讨论。"

小丑应道："好的。"

显示器上又出现数字 2:00。

Last Discussion
/
最后的讨论

蜂鸣器响起，显示器上出现小丑的脸部特写。

"三十秒之后进入讨论时间，本次讨论将开启显示器，因此两位可以看到对方，时长为三分钟。都听明白了吧？那么，现在开始！"

画面切换，樋口毅看到里美的上半身出现在显示器上，右上角还有一个小小的计时器，正显示 02:59。

"里美，你还好吗？"

里美尽量坚定地回答："我没事。"

"只有三分钟时间，"樋口毅的语速很快，"不管怎样，我们现在要想方设法保证最后一问的答案一致。"

"怎么才能保持一致？你有主意吗？"

"当然。默契游戏不是智力题，也没有标准答案，它只看两个人给出的答案是不是一样。因此，他们不会出那种无法回答的问题。"

"嗯。"

"他们想要检验咱俩之间是不是真爱，这是默契游戏的真正目的。"樋口毅坚定地说，"为了实现这个目的，才故意设置了各种各样的圈套。他们调查了你和我以前的各种经历，然后故意向我们展示一些视频、照片，目的就是动摇我们。一旦我们动摇了，就会失去冷静判断的能力，这样不管多么简单的问题，都不可能给出相同的答案。之前他问我们在京都求婚时说的话，我们的回答却不同，就是这个原因。"

"我明白的。"

"这帮家伙最后会出一个简单的问题，"樋口毅看向画面右上角，发现时间还剩两分二十秒，"我猜测是那种二选一的题，回答 YES 或 NO。"

樋口毅在彻底研读对方的心理后，做出了如上结论。他认为，这帮人的目的是检验自己和里美爱情的真假，所以绝对不会出复杂的题目。不，或许该说他们绝对不能出复杂的题目。

万一出现答案不匹配，他和里美肯定会想尽一切办法去辩解，为了不给玩家留钻空子的余地，他们只能这么做。

"回答时不用去考虑实际情况到底是什么样的，不管最后一道题目问的是什么，你都回答 YES，我也会这么回答。只要这样做，我们的答案就能匹配上。"

樋口毅思考了一遍又一遍，终于想到了应对默契游戏的必胜法门。在默契游戏中，双方答案一致就视为回答正确，那么只要预先定下一个答案，结果必然会是匹配的。

小丑说过，如果玩家在看完题目后通过讨论环节直接商量答案，游戏主办方就会重新更换题目，而目前的情况是第十问的题目还没有出来。按照游戏规则，提前确定好答案是可行的。

这不是光明磊落的做法，也说不上好或者不好。要想在默契游戏中获得最终胜利，只有这个方法。

"我也是这么想的。"里美点点头，"但是，万一我们想错了呢？比如它问求婚时说的话是什么，答案不是用 YES 或 NO 就可以回答的，而是要给出某个具体的内容。这种情况怎么办？"

"确实存在这种可能性。"

樋口毅点点头，他确信设计默契游戏的这帮人会在最后关头给出二选一的题目，但是题目毕竟还没出来，他不能百分之百地打包票。

然而，没有关系。不管它最后出的是什么题目，就在答题板上写 YES，那两个人的答案还是一致的。

——求婚时说的话是什么？

——YES ！

这个回答牛头不对马嘴，但是两个人的答案的确是一样的，按照游戏规则就是匹配的。制定出这个愚蠢规则的，不是别人，正是那帮人自己。

"不要考虑有的没的，"樋口毅语气强硬，"否则正中了他们的圈套！他们想看我们自我毁灭，想得美，我才不会让他们如意。里美，你相信我，那帮家伙肯定会出二选一的题，让我们填 YES 或 NO。退一万步说，就算不是这种题目也没关系，你就写 YES。听明白了吗？"

"那些人彻底地调查过我们。"

里美的视线微微上移，看到讨论时间还剩一分五十秒。

"你的有些事，他们知道，我不知道。同样，你也并不了解我的全部。

虽然现在说这些没有意义，但我还是想跟你说：阿毅，有些事我没有告诉你。"

"我也是。"樋口毅咬紧牙关，"不管是什么事都无所谓了，无论过去发生过什么都没有关系。"

"好，我明白了。"

"在最后一问出来之前，这帮人可能还会给我们看什么参考资料，"樋口毅语速很快地说道，"你千万不要被迷惑。也许我们曾经做过对不起对方的事情，但现在不是去责备或辩解的时候。最重要的是，要保证答案一致，然后从这里出去。"

"嗯。"

"他们可能会播放一些视频或照片让你恐慌，不要上当，一定要冷静处理。不管怎样，你就写 YES。只要这样，我们就能够匹配，顺利通关。"

樋口毅之所以再三强调这一点，是因为他明白小丑这帮人会把秋江的事情告诉里美。

他无力制止小丑曝光自己和秋江之间的事情，而里美若是听到这个消息，必然会因受到刺激而心神不宁，那么，两个人最后给出的答案匹配率就会大大降低。为了防止出现这种糟糕的情况，樋口毅只能千方百计地让里美服从自己的命令。

"刚才小丑放出来的聊天记录，"里美开口道，"被编辑过。他们只截取了其中一小部分，掐头去尾地想让你误会我。我确实说过那些话，但是你知道的，那些不过是在闺密吐槽中经常会出现的俏皮话……"

"那些都无所谓了。"樋口毅摇摇头，"你要是还有时间找借口，不如好好动动脑子。不要老让我重复来重复去，你要记住：要想从这帮人的陷阱中逃出去，只能回答 YES，不要做其他思考。里美，你只要办好这件事就行。"

显示器中传来一道合成声："最后三十秒钟。"

"你别担心。"樋口毅瞪着显示器，"我再说一遍，那帮家伙只可能出二选一的题，让我们填 YES 或 NO。就算他们出的不是这种题目也没关系，你就回答 YES。明白了吗？"

"我爱你！"里美眼中冒出泪花，尖叫道，"阿毅，我爱你！我是真的爱你啊！"

最后剩下不到十秒钟，她拭去眼泪，再次大声叫着"我爱你"。然后，显示器完全熄灭了。

"讨论时间结束。"小丑的声音再次流淌出来，"哇，真是令人感动的发言。要想在默契游戏中通关，真正的爱情才是最强大的武器。"

樋口毅深深地呼出一口气。

"一切都如您所料，"小丑说，"最后一问非常简单，并且确实只要回答 YES 或 NO。毫无疑问，您二位会在默契游戏中顺利通关，我是不是该提前恭喜您呢？"

"这也是圈套吗？"

樋口毅不想搭理他。

"怎么可能？没有的事。"小丑微笑道，"我所说的都发自本心。言归正传，关于最后一问我有一个小小的提议。正像刚才所说的，第十问您只需回答 YES 或 NO，这对您二位来说实在过于简单，我认为根本不需要太长时间。所以，我建议将思考时间从三十分钟改为三分钟，您意下如何呢？说句老实话，我也有些厌烦了呢。"

樋口毅答道："我同意。"

他觉得改完后对己方更有利。如果思考时间长达三十分钟，那么里美可能又会陷入胡思乱想钻牛角尖。虽然他已经和她再三强调回答"YES"，但是小丑那帮人的心理战术太强大了，她很有可能会被钻空子，以致心生动摇。

思考得太多只会坏事。将思考时间缩短乍一看似乎对己方不利，其实在目前这个情况下是好处大于坏处的。

"其他还有什么要说的吗？"樋口毅面向显示器大声问，"你们这帮人把我和里美调查得非常彻底。我不知道你们具体是从什么时候开始查的，想必花了很长时间。"

"这个嘛……或许不像您以为的那么长呢。说实话，应该说时间挺短——"

"别撒谎！"樋口毅瞪着小丑，"我知道你们已经监视里美十多年了。"

他不管小丑这帮人到底有什么目的，无所谓，反正马上就能完成这个游戏了。

"就算是在一起生活了五十年的夫妻，也不是百分之百地了解对方。"樋口毅吐出一口唾沫，"这和爱情本身没有关系。每个人都有自己的生活，两个人不可能真的一天二十四小时像连体婴儿一样黏在一起，自然会有不知道的事情。只要有一点儿常识的人，就会知道有些事情需要分享，而有些事情没有必要说出来。你们这帮人似乎认为，两个深爱的人之间是不可以有秘密的。那是你们的脑子有问题。"

　　"原来是这样啊！"

　　"正是因为相爱，所以有些事情不说出来，这不是很正常的事吗？"樋口毅叩了叩桌面，"如果你们认为这算欺骗，那只能说明你们什么都不懂。"

　　小丑赞同道："您说得太对了。"

　　"你们打算怎么做？"樋口毅将两只胳膊靠在椅背上，"打算再来动摇我和里美吗？打算把我和其他女人上床的视频给里美看吗？你们的方法应该很多，或许你们比我还了解我自己。随便你们做什么！你们怎么做都无所谓！我们肯定会给出一致的答案，然后从这里出去！"

　　"在此之前，我已经主持过三届默契游戏。"小丑慢慢地掀动嘴皮子，"我确信，您是默契游戏中最优秀的玩家。这样的您和您的夫人，我们怎么可能试图去动摇呢？稍微动一下脑子就知道那是不可能成功的。我们也没有必要做那些小动作。接下来，我会给出第十问的题目，您二位回答完毕，游戏就结束了。"

　　"你们的目的究竟是什么？"樋口毅从正面牢牢锁住显示器中的

小丑，"你告诉我你们这样做的理由。你们把我和里美从酒店里绑架出来，软禁在这儿，安装了各种设备，还玩无聊的骗小孩的惩罚小把戏，甚至下大血本在马桶后面备下真金白银。"

"确实废了点儿精力。"

"你们用了大量的人力和时间，长久地监视我和里美，还去像挖祖坟一样地调查我们的过往，花费应该不小吧。这不是某个人能够做到的事情。你们的目的是什么？为什么选择我们？"

"很多人参与到默契游戏中，"小丑说，"关于这一点，我承认。不过其他的问题，恕我不能回答。"

"你到底是谁？"

樋口毅凝视着小丑。他的直觉认为小丑是个男人，仔细一想又没有任何证据。

小丑最多只在显示器中出现过上半身，所以无法推测其身高。身上穿的衣服尺码偏大，看不出体格如何。大大的高礼帽、圆眼镜和假鼻子，使得人无法看清其真面目。因为妆化得太厚，直接切断了从皮肤质感去推测年龄的可能性。

"我知道你们有不少人在分工合作，你是其中一员。"樋口毅甩了甩头，"但说到底，你们只是帮忙做事的人，我要和把控默契游戏的人对话，这其中应该有一个女人。我不是想打探他们的真实身份，只是想问清楚到底是出于什么目的做出这种事情——"

蜂鸣器第二次响起。

"和您聊天真是非常愉快，"小丑保持着微笑，"可惜时间到了。我不过是一个小小的司仪。刚才响起的蜂鸣声是提醒第十问开始了。"

"这个游戏有什么意义？这样做有什么好处？你们是不同意我和里美结婚，打算拆散我们吗？如果你们能给出合理的理由来说服我，我也不是不能考虑。"

"请您看向显示器。"

小丑的声音响起的时候，显示器画面切换，出现一行文字。

樋口毅不由得屏住了呼吸。

△▽

请问您相信樋口毅先生吗？

看着显示器上出现的最后一问，里美轻轻地吁出一口气。果然如阿毅推测的，这是只需回答"YES"或"NO"的题目。

时长从三十分钟缩短成了三分钟，但她还是觉得太长了。三十秒钟就足够。

在最后一次的讨论中，她和阿毅达成协议：不管默契游戏最后给出什么题目，不用去考虑实际情况，只要回答"YES"就好。

没有必要思考，也没有必要犹豫。只要在答题板上写下"YES"，一切都将结束。

里美握住马克笔，拿起答题板。一想到马上就能彻底结束这痛苦的游戏，她觉得全身似乎都松弛了下来。

十秒钟过去，二十秒钟过去，然后一个合成音插进来通知三十秒已经过去。里美握着马克笔，却无法写下一个笔画。

至少在被关进来之前，我是相信阿毅的。

这种信任并非彻头彻尾地掏心窝。正如我心中藏着一点儿小秘密，我相信阿毅心里也有不能告诉我的事情。

有时候真相会伤害到别人，有时候沉默反而是最好的，这是适用于所有人的定律。

又不是小孩子了，种种道理我都明白，将所有情感都赤裸裸地呈现出来没有任何好处。我也清楚，不是将所有的事情都说出来才是真正的爱情。有些事情可以说，有些事情不用说。

然而……

默契游戏已经进行好几个小时，在这期间，发生了许许多多的事情。

我对阿毅过去的交友情况并不愤怒。有些女人是他之前没有告诉过我的，说明阿毅说谎了，不过那又怎样？我也没有把自己以前交往过的所有男人都坦白出来。

至于他和朋友一起取笑我，开些恶劣的玩笑，也是可以原谅的。跟好朋友聊天不就是这样吗？动不动就拿自己的男朋友或女朋友开涮。

我并非因为这些丧失了对阿毅的信任，而是因为本质上的某种东西而无法再相信他了。

结婚并不是缔结主仆关系的仪式，双方的立场应该是对等的。阿毅也曾反复地强调过这一点。

然而从默契游戏开始直到现在，他都只是在强调自己的观点和意见。他否定、磨灭了我所有的思考价值，简直就像在说：你不用思考。

最后一次讨论时更是如此，他对我用的都是命令的语气。

像你这么愚蠢的人不用想有的没的，反正想也想不出什么有用的东西，所有事情全听我指挥就好。

——我知道阿毅心里就是这么想的。这正是樋口毅这个男人的本质。

确实，刚开始时我陷入恐慌，一度丧失了冷静判断的能力，只能哭哭啼啼。为了让我冷静下来，阿毅认为他必须用强硬的态度来交流，并在两人之间充当领导角色。他这么想也无可厚非。

可是，在完成第三问后我已经恢复了冷静，能够清楚地认识到自己应该做什么。我有自己的判断，也有自己的发现。然而，阿毅压根儿不考虑问问我的意见。

关于讨论，也是一样。我第一次请求讨论时，阿毅竟然生气了。他指责我：这么宝贵的机会只有三次，你打算白白浪费掉吗？

呵，单纯地理性分析，情况或许确实如此。在默契游戏中，因为玩家的唯一武器就是讨论，所以绝对不能浪费掉。可是在这种极端的环境下，确认彼此安危是人的本性，每个人都会去担心自己的丈夫或妻子。

之后用无线电话沟通时，阿毅说要想答案匹配，其中一方必须站在另一方的立场上去思考，他说他来配合我。

听他这样说，我真的很高兴。我以为阿毅是为了减轻我的负担才这么做的，可是仔细想想，事实是反过来的吧。他是认为我没有能力去揣测别人心中所想，胜任不了这个任务。

其实从很久以前我就发现阿毅有这个倾向了。倒说不上是冷酷，但的确是以自我为中心，永远冷静得过分。

我猜这是因为他在成长环境中太过一帆风顺，总是成功，以至现在欠缺了温柔善良、为他人思考的品质。

这一特点在工作上表现得尤其明显。他从来不会去考虑合作公司或对方负责人的情绪，总是公事公办，就像一台冰冷的办公机器。

作为销售人员，这或许是正确的做法，但是我认为长久下去，他必会掉进某个牢笼中。在给他当助手时，我就注意到了这一点，还用开玩笑的方式提醒过几次。因为业绩一直很好，阿毅对我的提醒不以为然，只是很自信地回答"我没有任何问题"，就再也没有其他话了。

工作上可能是没有问题，但是两个人结婚后，他如果把这一套搬到家庭中，会怎么样呢？

极端环境能暴露出一个人的本质。在默契游戏中，阿毅不听我的任何意见，总是以自我为中心，所有事情都要以他自己的想法为准。这样的他，还能信任吗？

小丑每次都是分别与我们谈话，我不知道阿毅和他说了些什么。

他有可能会和小丑交涉，争取只对自己有利的条件。

他可能会对小丑说：无论最后的答案是不是一致，我把房间里的一千万日币和我的存款以及其他所有财产都给你，你把我一个人放出去。

商社职员每天都像在打一场生存战，而阿毅获得了其中顶尖的成绩，成了优秀的战士。

为了取得胜利，他应该会采取所有能想到的手段，即使是背叛我这个妻子也在所不惜。

小丑的声音传了过来："已经过了一分钟，还剩下两分钟。"

里美握住马克笔的手指依旧不能动作分毫。

△▽

请问您相信樋口里美小姐吗？

果然猜对了，樋口毅点了点头。

就像在最后一次讨论时和里美说的，我认为最后一题极有可能是二选一的题目，只要回答"YES"或"NO"。

这帮人的目的是破坏我和里美之间的感情。那些有多个选项，或者因不同角度可以给出不同答案的题目，不适合作为最后一问。想想都知道，一旦我和里美最终给出的答案不一致，肯定会极力辩解的。

比如，我们可以说出题方的说明不到位，题目本身存在不确定因素，男女的思维方式不同……等等。总之，我们可以找到各种攻击点。

这种情况他们必然已经猜到，又怎么可能会让我们钻空子呢？他们需要从题目的设计上杜绝我们狡辩的可能性，所以只能出这种二选一的题目。

之前我已经和里美说好，不管现实情况到底如何，统一在答题板上写下"YES"即可。

樋口毅溢出一丝苦笑："被小看了呢。"

之前种种浮上心头，说真心话，我并不相信里美。

怎么可能相信？到目前为止，里美在默契游戏中反复出现失误。

第一问时，因为双方刚醒过来还不清楚自己所处的状况，故而出现了失误，导致答案不一致，可以说我自己也是有问题的。但是在接下来的行动中，里美是一个错接着一个错，就没干什么正经事。

她有很长一段时间完全不能思考，整个人处于崩溃的状态，只会哭着喊着"好害怕""救救我"什么的。她毫无判断能力，只会依赖我，压根儿想不到自己要做点儿什么帮助我们从这里逃出去。

最要命的是，她还为着无关紧要的小事来和我讨论，白白浪费掉宝贵的机会。通过显示器就可以看见对方的样子，完全没有用通话来确认彼此安危的必要嘛。就算是全身上下只穿着内衣、内裤又能怎样，会少块肉吗？

那道关于求婚的问题也是一样。多简单的题啊，这都会弄错，我只能认为是她的脑子不好使。

明明在之前的讨论中我已经强调过"京都"这个关键词，基本等同于把答案告诉她了。结果呢，她倒好，考虑那些乱七八糟的，最后给了个错误的答案，不但使得答案不匹配累积到两个，还连累我被喷了一身的泡沫奶油，那股酸臭味可真是够呛。

小丑以及藏在背后的人看到我们的狼狈模样，都哄堂大笑了。真是够羞耻的！

她和我交往后，仍和很多男人搞在一起。那次我亲眼看见她扒在一个男人的胳膊上一起进了青山的酒吧，可想而知后面会再发生些什么。我自然没有宽宏大量到可以原谅她，但是想想自己和秋江的事，到底还是不能说什么。

为了顺利完成这个愚蠢的游戏，我已经命令她从现实情况和真实情感中脱离出来，机械地写下"YES"这个答案就可以。当然，她也只会写"YES"。

只要里美说自己信任我，那么我们的答案就能够匹配，默契游戏也就可以结束了。

樋口毅拿起答题板，思考着是该简单地写"YES"，还是写"我一辈子都会信任我的妻子——里美"。

考虑到今后两个人还得生活一辈子，或许写点儿夸张煽情的比较好呢，一抹嘲笑挂上嘴边。然而，拿着答题板的手怎么都动不了。

他心中有一丝小小的疑虑：里美会写下"YES"吗？

她明显是个愚蠢的女人，却自认为聪明，这是目前最棘手的问题。如果她能老老实实地按照我说的去做，就万事大吉，怕就怕她又会去考虑一些有的没的。

毋庸置疑，正如我不信任里美一样，里美也是不信任我的。小丑绝对会以照片和视频的方式把我与秋江的关系告诉她，还会特地点出秋江是一名女大学生。这样的男人，自然不能让人信赖。

这样里美就可能认为我只会想方设法争取对自己有利的条件，她甚至会怀疑：阿毅是不是和小丑做了什么见不得人的交易？

只要不想太多，就不会掉进小丑那帮人的陷阱里。我已经命令她回答"YES"，没有比这更清楚简单的指令了。

可是谁又能保证里美在了解到那些真相后，不会在答题板上写"NO"呢？这个可能性其实更高。

考虑到这一点，樋口毅无法轻易地写下答案。会是什么，里美写下的答案会是什么？

只要有足够的时间就可以慢慢琢磨出来……他咬住嘴唇。

如果像之前一样有三十分钟的思考时间，他或许可以将里美的心理活动一一描摹出来，然后推算出答案。然而，现在只有三分钟，而且缩短答题时间的决定是自己做的。

本该对己方有利的条件，突然间逆转了。

不知不觉，嘴唇被咬破了，樋口毅察觉到一股铁锈味。他喝下瓶中剩余的水，含了一会儿又吐出去，可那种令人不舒服的感受一直没能消失。

明知对方听不见，他还是忍不住怒喊出来："里美，你按我说的写，只要那样写就行了！"

"还剩最后一分钟。"小丑的声音响起，"怕您不知道还是提醒一下：不管您喊得多大声，里美小姐也是不可能听到的。"

樋口毅瞪着显示器，大声道："你给我闭嘴！"

倒计时数字变成 00:52，只剩最后五十二秒钟了。

转瞬之间，数字又变小，不到四十秒了。

很快，又只剩三十秒了。

可是，樋口毅还是无法在答题板上写下答案。

△▽

只剩三十秒。

里美重新握住马克笔，必须把答案写在答题板上，没时间了。"YES"或"NO"，很简单，一秒钟就能写好。

"请问您相信樋口先生吗？"

她看着显示器上的那行文字，出声地念了出来。

我相信阿毅吗？

毫无疑问，我曾经相信他。这是我内心的真实感受。直到昨天为止，我都深深地信任着他。

然而，此时此刻我还能说自己相信他吗？

最后一次讨论时，阿毅是这样说的："不管最后一道题目问的是什么，你都回答 YES，我也会这么回答。只要这样做，我们的答案就能匹配上。"

我当时点头同意了，但是内心感到一种违和感：为什么他要用这么强硬的口气命令我？

独善其身，自以为是，只爱着自己。他从来不相信别人，认为周围的人只要服从自己的指挥就好。这就是樋口毅这个男人。

他不相信我。里美再次深刻地感受到这一点。这个男人，甚至不相信自己选择的结婚对象。

他说，不管什么题目，都写"YES"。我也知道这是在默契游戏中的必胜法门。

默契游戏只看玩家给出的答案是否一致，所以只要两个人的答案相同，就可以毫无阻碍地通关。

但是，这个必胜法门是建立在彼此信赖的基础之上。一个并不信任我的男人，我要相信他吗？

里美看向显示器，发现数字已经变成 00:21。

△▽

没问题，肯定没问题的，只要在答题板上写下"YES"就可以了。

樋口毅将笔尖抵到答题板上，心里却想着一件事——小丑说的话。

"在此之前，我已经主持过三届默契游戏。我确信，您是默契游戏中最优秀的玩家。"从小丑说的这句话中，可以分析出樋口毅和里美并不是第一批参加这个游戏的，而且小丑一开始就说过这是第四届默契游戏，他似乎从未打算隐瞒这一点。

尤其让他在意的是，小丑说"我确信，您是默契游戏中最优秀的玩家"。

因为樋口毅和里美是第一对走到最后一问环节的玩家，所以小丑才会这么说。换言之，过去从没有人在默契游戏中通关过。这是为什么？他开始回想进入游戏后发生的种种事情。

综观之前的九个问题，就可以知道只要能冷静思考，默契游戏其实并不难。玩家若审慎对待，很少会出现答案不匹配的情况。可是，这个没有难度的游戏到目前为止没有人成功通关过，这是为什么？

樋口毅想不出原因。

或许，玩家是被一些诱导性的问题、计策陷害了。就像对樋口毅和里美做的一样，游戏主办方曝光当事人过往的情感经历，通过照片、视频以及故意编辑过的邮件、电话录音等去动摇玩家，致使双方给出的答案不一致。

可是，很难想象所有的情侣都会上钩。至今没有人通关默契游戏，这个事件太不正常了。

小丑说这话的用意又是什么？如果默契游戏中有心理学家或情感顾问，它或许真能牵着玩家的鼻子走。

樋口毅盯着显示器想，所有的事情都在这帮人的掌握之中吗？最后一问中，也藏着什么心理陷阱吗？最后只剩十五秒钟，如何才能搞清他们的真正意图？

他握着马克笔，用力地闭上眼睛。

快想，快想，快想！

必须在准确读懂里美的心理活动的基础上给出答案。

之前我已经命令里美，不管题目内容是什么，答案就写"YES"。里美也同意了。

这是在默契游戏中取胜的唯一方法。这个方法很简单，简单到令人不由得反思之前为何一直没有想到。

然而，必胜法门有个前提条件，即双方要绝对信赖。

就算提前说好答案要写"YES"，可谁能保证真的就会写下"YES"呢。只有坚信对方才会写下"YES"，这个必胜法门才能生效。

樋口毅小声说："我也失误了。"

不该没头没脑地斥责里美，不该强硬地命令她。

一个劲儿地被人责备，任何人都会生出逆反情绪，而这种逆反情绪显而易见是与信任紧密联系的。

完了。

他"啧"了一声，但是为时已晚。

我和里美讨论时，小丑是一五一十都在旁边听着的。他们知道不管出什么题目，我们都会回答"YES"。

所以，此时他们唯一能做的就是挑起我们心中的恐慌，动摇我们。他们盯上的是里美。攻其弱点，是游戏中常用的一招。

我不清楚在这三分钟时间里小丑和里美说了什么，可能是我和秋江的事，小丑他们熟知人性的弱点。

即便是这样……他握着笔思考。即便是这样，里美也只会选择相信我。她就是这样的女人。

她不会自己做任何决定，因为不想负责任。从交往到现在，她一直都是这样的，把所有事情都推给我，依赖我，服从我。

里美肯定会听从我的命令。只要在答题板上写下"YES"，所有一切都能结束。

从天花板上的扬声器中传来蜂鸣器的声响，樋口毅抬起头，看到显示器上的数字已经变成了00:05。

"四、三、二……"

在合成声"一"响起的瞬间，他写下了答案。

△▽

倒计时变成了00:10。

里美觉得自己对时间的感知力变得奇怪，三分钟的思考时间仿佛只过了几秒钟。她重新握紧笔，最后一次思考是应该写"YES"，还是写"NO"。

这同时也意味着是选择相信阿毅，还是不相信阿毅。相信阿毅，就该毫不犹豫地写"YES"。不相信阿毅，那只能写"NO"。

我想去相信，可又很清楚他是一个事事以自己为先、事事只考虑自己的人。这个男人只要察觉到一点点风险，就会毫不在意地翻脸不认人。

一旦认为有危险，他首先会思考如何自保。为了达成这个目的，他会毫不在意地撒谎，丝毫不会认为自己背叛了谁，若无其事地改变立场和想法。

这么说并不是想责备阿毅。他不过是在哪儿都能见到的普通人，有着生活在现代社会的基本常识，遵守着这个社会的规则。

我也是一样的人。所以，才更明白其可怕之处。

即使是好人——不，正因为是好人，所以才不清楚他为了保护自己会采取什么手段。

阿毅用强硬的口气说：不管什么题目，答案都写"YES"。他还说：除此之外，没有其他能绝对取胜的方法。

然而，这个世界上哪儿来的绝对？他那么聪明，不可能不清楚这一点，他凭什么敢这样断言？

他是认为如果不用这种强硬的语气说话，我就不会按照他说的去做吗？若真如此，那就说明他不信任我。

对于一个不信任我的人，我能去相信他吗？

蜂鸣器响起，显示器上的数字已经变成 00:05。

"四、三、二、一……"

双手先于脑子动作。与自己的意志无关，手指已经自发地在答题板上写下答案。

"零——"

蜂鸣器持续响亮地响着。马克笔从里美的指尖掉落，摔在了地板上。

"到此结束。"小丑重新出现在显示器上宣告道，"请将答题板扣在桌面上，不要再碰笔。从此刻开始，两位不能再更改答案，不能再添画任何东西。听明白了吗？"

樋口毅将笔扔在地板上，把两只胳膊伸开示意自己不会再写任何东西。

"我不清楚你们打算怎么来挑刺。要是说什么不认可我们的回答，重新再来一次的话，我绝不答应。"

"挑刺这个说法可真难听，"小丑发出高亢的笑声，"正相反，我比较担心您发现答案不匹配后，会巧妙地偷换概念，或者通过其他方式要求延长游戏时间呢。最后一问特地选择用 YES 或 NO 来作答的题目，就是为了避免这种情况的发生。YES 就是 YES，NO 就是 NO，二者选其一，没有任何可以狡辩的余地。为了清楚地辨明答案是否一致，让双方都心服口服，只有通过这种方式。"

樋口毅点点头："确实。"

小丑所说的正好验证了他之前的推测。他基于完全一样的思路猜测默契游戏的最后一问会是用"YES"或"NO"来作答的题目，事实也证明他猜对了。

"请问您现在的心情如何？"小丑抓起书桌上的麦克风，转向摄像头，"到底是匹配，还是不匹配，答案就在你们的答题板上。您紧张吗？"

"别废话了。"樋口毅一摆手，"你想挑起我的焦虑吗？又有什么用呢？我想不用我提醒，你应该记得自己说过：只要我和里美在游戏中通关，就会把我们从这里放出去。顺便说一声，那些奖金和奖品我都不需要，出去后我会马上报警，让警察逮捕你们。哈，想想就高兴得想笑。"

"我会遵守游戏规则。"

小丑向某处示意了一下，随后传来一阵金属碾压的钝响声。

樋口毅看了看周围，发现后方墙壁缓缓向上移动，出现了一个大约三十厘米宽的缝隙。

"果然是运输用的集装箱。"他喃喃道，"没有门，但是厢壁可以完全开合，经常用来运输汽车。"

"您真博学呢。"小丑微笑道，"只要您和里美小姐的答案匹配，那么这面墙壁会继续升高，您就可以出去了。顺便提醒一下，里美小姐所在的集装箱位于您左边大约两米远的地方。她那边的墙壁也上抬了一样的高度，您要是大声呼喊，她兴许能听见。只是，请您保持坐在椅子上的姿势别动。接下来是游戏的高潮，在双方举起答题板确认答案之前，不要站起来。可以吗？"

樋口毅坐在椅子上大声呼喊里美的名字："里美！"

缝隙有三十厘米宽，从这个角度看不到外面，他只能感受到一片黑暗。已经到晚上了吗？

"阿毅。"

他听到一道微弱的声音，是里美。

"是我，我在这儿！"樋口毅又叫起来，"你怎么样？没事了，不要担心，这个愚蠢的游戏马上要结束了。你再忍耐一小会儿。"

"嗯，知道了。"

和里美的回答声一起涌进来的，是一阵潮水的气味。这里似乎离海很近。

"这是哪儿，港口？"

"如果您和里美小姐的答案一致，可以出去后自己确认一番。"小丑说，"而如果答案不一致，那么这是哪儿又有什么关系呢？言归正传，您准备好了吗？现在就让我们揭示最后一问的答案！"

一阵庄严的管风琴声在集装箱内回荡，与击鼓声重合在一起。

"请您面向显示器，先不要亮答题板。"

显示器上画面切换，里美怀抱着答题板的身影跳入樋口毅的眼帘。

小丑说："你们可以呼唤对方。"

"里美！"

"阿毅！"

彼此的声音交织在一起。

"你没事吧？"

"我还想问你呢。"里美挤出一抹僵硬的笑容，"为什么啊……

到底是谁设计的这件事？”

“是永和商事里的人。”樋口毅点点头，对此他很确定，“我一直在思考小丑以及藏在他背后的那些人，绝对没错。而且我怀疑，有董事级别的人参与进来了。”

“你为什么这么认为？”

虽然是个疑问句，但她的声音表明她也意识到了这个可能性。

“他们对我们的个人信息了解得过于透彻，”樋口毅回答道，“你看到我在公司会议室里跟同事打电话的视频了吧？视频是公司监视器拍的。哪些人才能看到这些东西？只有我们公司总务部和安保公司的人，而安保公司的人没有理由做这种事。另外，你说过你早就被盯上了，这也是我判断的依据之一。”

“什么意思？”

“因为你大学毕业后，进入永和商事的可能性很大。”樋口毅说，“永和集团是日本数一数二的综合商社，许多大学生毕业后都希望能进入这里工作。你姨父是公司里的董事会成员，毫无疑问会成为你进公司的一大助力。只要你有这个意愿，基本上就能进入。我猜测，默契游戏选择的玩家都是永和集团的员工，因为员工是最便于监视的。”

“所以他们从我大学时起就一直监视我。但是，为什么要这么做？我不明白他们这么做的理由。而且，他们还调查了你的情况，这又是因为什么？”

"因为你的结婚对象是我。"樋口毅用手掌抹了一把脸，"我们是在确定婚约、互换订婚礼后向公司报备的，那就是差不多十个月前。从那时起，这些家伙就开始布置了。我们同为永和商事的本部职员，对他们来说正方便监视。另外，我已经知道他们是怎么查到我过去的经历，通过QUBE。"

QUBE搜索引擎是集团最具代表性的杰作，只要输入调查对象的关键字，AI就会从包括SNS在内的庞大网络数据中抽取出相关信息，再根据信息量、浏览量等因素确定优先顺序，形成一份详细的报告。

它搭载的奇点AI，将速度与关联性连接起来，在重要度分析等各方面较以往的搜索引擎有着压倒性的优势。QUBE之所以能在这十年间占据网页搜索引擎榜首，就是这个原因。

"永和QUBE正在研发新一代QUBE，听说还要几年才能够完成，但我猜测他们就是用这个来调查我们的。"

"他们这样做有什么用？"里美的叫声里已经带了哭腔，"目的是什么？而且，就算是QUBE，也不可能偷听到只有我们两个人在场的对话啊。"

"关于这个，我也没搞清楚。"

樋口毅摇摇头。里美问的恰好也是他心中的疑惑。他可以肯定永和商事与默契游戏之间有着很深的关联，但是不清楚他们这样做的原因和目的。

并且，不管 QUBE 有多强大的性能，也有无法做到的事情，而现实情况是这帮人以超越电脑、AI 界限的形式收集到了所有的信息。他们是通过什么手段实现这一点的呢？

"今天我把话放在这里：出去后我会辞职，我要告永和商事侵犯个人隐私。说什么'员工即家人'，真是开国际大玩笑！"

"两位聊完了吗？"小丑客客气气地插话进来，"辞职也好，上诉也好，这都是你们的自由，同时也是你们的权利。只是在此之前，你们得顺利完成最后一问。请不要忘记，万一答案不一致，等待你们的将是惩罚。比起在这里大声吵吵着要辞职、要上诉……"

"你在说什么！"樋口毅的怒火再一次被点燃，"你听好了，我说到做到。员工不是你们的玩具，你们要是觉得可以为所欲为，那真是误会大发了！你们根本是在犯罪。我相信事件曝光后永和的声誉会坠到泥潭，但那都是你们自作自受！你们该挑选别人的，这次选了我和里美进来，是你们最大的失误。"

"或许一切如您所说，"小丑的声音很小，小到几乎让人听不清，"但是规则就是规则。现在请双方亮答题板，确认彼此的答案。"

"呵，赶紧结束吧。只要我们把答题板给对方看，确认答案是一致的就可以了，是不是？"

"请听我示意，"小丑说，"开始倒计时。两位准备好了吗？三、二、一，亮题板！"

樋口毅将答题板面向显示器。

△▽

里美把双手中的答题板面向显示器。

△▽

樋口毅盯着自己的答题板。

End Of The Game

—

游戏结束

"答案不匹配！"小丑的声音听上去又欢快又活泼，"呀，真是没想到，我都不能相信自己的眼睛了。到底发生了什么……我是不是应该再次确认答案呢？樋口先生在答题板上写的是 NO，而里美小姐在答题板上写的是 YES。两位，我没有说错吧？"

樋口毅闭上眼睛，里美尖厉的怒骂声在耳边炸起。

"为什么？不是你说的吗，不管题目内容是什么，答案都写 YES，这是你明明白白说的啊！我按照你说的做了，因为我爱你，我信你，所以我写了 YES！可是你呢，你为什么写 NO 啊？你是不是疯了！"

"不，不是这样的。"樋口毅用两只手使劲拍打桌面，"我确实跟你说答案要写 YES，可你思考一下，这个默契游戏已经举办过好几次了，难度不大，可至今没有一对情侣通过考验，怎么想都很奇怪啊。你难道不这么认为吗？"

"你就是浑蛋！"里美把答题板狠狠地扔向摄像头的方向。

"你听我说，"樋口毅探出身子，"你先想想为什么会出现这样的情况，很快就能得出结论的。设计默契游戏的人会诱导其中一方，故意设置陷阱使得玩家给出的答案不一致，这才导致所有的情侣都没能过关。你看你和我之间，很明显你更加容易被诱导……"

"是你！你才更容易被诱导！"里美站起身来，一步步逼近摄像头，"不是你自己说的吗，想太多就会落入对方的陷阱。你说得太对了，你看你现在就自觉地钻进了这帮人设好的圈套中！你一直以为自己脑子聪明、睿智无双，其实是彻头彻尾的蠢货！"

里美绝望地吼叫着，面容扭曲得像个魔鬼，她用手怼着摄像头。

"你说从这里出去后要辞职？要上诉？呵，在此之前先不要忘记一件事，跟我去离婚！如果你以为我真的什么都不知道，那可是大错特错了。你和前辈的老婆有染——"

"亏你好意思说这件事，"樋口毅捡起脚边的笔，骤然发力，狠狠地扔向显示器，"你和我订婚后，跟以前的男人上床，那不是不忠是什么？你这个不知羞耻的女人，永远不可能和人结婚。像你这种人，有资格来指责我吗？"

"不就是东山课长的事吗？"里美的声音尖锐得犹如金属在摩擦，"哈，你知道了？我听到你在电话中说起 H 先生，反正到了现在，我也没打算再隐瞒下去。是，我是和课长搞婚外恋。那个人和你完全不同，体贴温柔——"

"你在说什么？"樋口毅站起来，"H 先生？H 先生说的是营业部的日野。大家都知道那家伙对你单相思……等等，你刚说什么，和东山课长搞婚外恋？你给我说清楚！"

"两位都请冷静一下。"画面切换，小丑的脸重新占据显示器，像个和事佬一样劝道，"推诿责任，抹黑对方，这可真是不太体面呢。我应该已经提醒过很多次，要想在默契游戏中获得胜利，最重要的是真正的爱情和互相信任的心。您二位之间并没有这两样东西，所以失败也是注定的。"

"你给我闭嘴！"樋口毅凑近显示器，"我已经知道你们的目的。你们就是故意设计来破坏我们之间的感情。我承认，我们输了。我们算完蛋了。不过我告诉你，完蛋的可不只我们，还有你们这帮人。你们绑架、非法监禁，这都是犯罪——"

"请您稍停一下，"小丑打断了樋口毅的控诉，"默契游戏还没有结束。"

"你在说什么？答案不匹配累计三次，游戏就结束了，这不是你说的吗？"

"我们出去郊游，在回到家之前，都算是在郊游。"小丑微笑起来，"您在小学时没学过这个道理吗？每个游戏都有相应的规则。您二位已经累计三次答案不匹配，就必须接受惩罚。惩罚也是默契游戏的一部分。"

"来啊，随便你们。"樋口毅狠狠地踢向墙壁，"你们是打算撒面粉，还是挖了个洞让我们跳下去？我陪你们玩。要想看我们的笑话，那现在就放马过来吧。"

"首先要合上墙壁。"

小丑又向某处示意了一下。随着一阵金属挤压的声响，后方的墙壁开始缓缓下降。

"住手！"樋口毅嚷道，"你们打算干什么？为什么又要合上？"

"您觉得打开比较好吗？"下降的墙壁停止了动作，"我是为您二位考虑，觉得最好合上……不过既然是您的愿望，那就开着吧。"

"你们打算干什么？"

樋口毅又问了一遍，一股对未知的恐惧阒然咬住了他。

"跟您说了，是惩罚啊。"小丑一边回答，一边慢慢站起来，"我一早就跟两位说过：如果答案不匹配累计三次，游戏就结束了。"

樋口毅愤怒地咆哮："别再开玩笑了！"

小丑怜悯地看着樋口毅，然后拖着右腿，一步一步从画面中消失了。

接着里美的脸重新出现在显示器上，表情怯怯的。

"你看到了？"

"看到了。"里美点点头，"那个小丑——"

集装箱前部骤然升高，樋口毅忙不迭地把住桌子。倾斜越来越厉害，箱子很快变成了九十度直立状态。它被吊了起来。

樋口毅紧紧攥住椅背，身体悬空，愤怒地吼道："停下！住手！"

"水——"

显示器中传来同样悬空的里美的尖叫声。因为过于恐慌，她的整张脸都扭曲了。

樋口毅费劲地扭动脖子往下看去，发现集装箱底部积了一些水。

这些水泛着海潮特有的腥气,是海水。

"没想到惩罚竟然是……"

他们听到一阵巨大的声响,似乎是什么东西被撕碎了。很快,集装箱剧烈摇晃,同时从后方墙壁的缝隙中不断涌进更多的海水。

"里美!"

显示器中已经没有里美的身影,只剩一张桌子和一把折叠椅。椅子正逐渐被海水吞没。

"里美!"

里美艰难地从水中探出头,双手用力拽住桌脚。

她在尖叫着什么,但是樋口毅什么都听不清。很快,水面上浮,里美彻底不见了。

樋口毅这边的水已经漫到腰际。下一个瞬间,又涨到了肩头。

要这样被淹死吗?

原来小丑说的是这个意思,樋口毅闭上了眼睛。

"我是为您二位考虑,觉得最好合上……"

他们把集装箱扔进了海里,这就是游戏的终极惩罚。游戏结束,同时意味着人生结束。

如果集装箱是紧闭的,那么海水不会如此迅速地涌进来。小丑怜悯的语气,或许发自真心,他或许是想多给我们一点儿时间,在淹死之前回味生的美好。

而在那个过程中，通过显示器，我还可以和里美说话。我不知道我会跟她说"我爱你"，还是向她忏悔，又或是接着互相指责。不管哪一样，总算是有人陪着自己一起面对死亡。

"所有的一切都是陷阱。"一丝碎语溢出唇间，樋口毅想起自己之所以在最后一问中回答"NO"，是因为他以为小丑把他和秋江的事告诉了里美。说什么之前的情侣都没有通关，不过都是借口。

他并没有被陷害，他是输给了自己。

海水已经充满了整个集装箱。在逐渐淡去的意识中，浮现出了小丑的身影。

"你们到底为什么这么做啊？"

他的眼前一片黑暗，然后，逐渐变成虚无。

△▽

山手线的车门关闭时，女生问旁边坐着的男生："你在看什么？"

他们是同一个大学的学生，正处于互相暧昧的阶段。

"我不太明白。"男生抬起脸，"上个月我换了 QUBE 超便宜的手机套餐，结果发现手机里预先下载了一个叫'默契游戏'的应用软件。"

女生伸出手："是游戏吗？让我玩玩看。"

"不，不是。"男生摇摇头，"我也是今天第一次打开这个应用，发现它根本不是游戏。'默契游戏'是这个应用的名称，实际上……该怎么说呢，算真人秀？我是这样觉得的。一对情侣要回答问题，但是问题不是寻常的智力题，没有标准答案。只要两个人的答案一致就算匹配，不一致就是不匹配，不匹配要接受惩罚。如果不能成功答完十个问题，就要被沉到海里去。"

"它好玩儿吗？"

"一点儿都不好玩儿。"

男生环顾四周，看到大部分乘客都盯着自己手中的手机界面。这时播报员的声音响起，提示涩谷就要到了。

"我今天第一次看，它说这已经是第四届了。我只能隔着手机看，不能进行任何互动，就看着同样的环节散漫地一步步推进。对了，主持游戏的是个小丑打扮的家伙。你不觉得很土吗？"

"如果不能成功回答十个问题，就要被沉到海里去，这是真的吗？"

"怎么可能？"男生苦笑道，"不过就是做做样子罢了。整个设计确实真实得有些过分，但想想也能明白，肯定是建模特效。就算是真人秀，人要是死了，法律也不会容许。"

"而且我觉得，有些设定太牵强了。"男生继续说明，"游戏中的问题都和这对情侣以往的男女关系有关，但是二十年前的个人信息怎么查到的？那么久远的数据，不可能保存下来的。"

"不知道呢。"女生歪了歪头，"啊，你看好多年前有个艺人的LINE 信息就被八卦杂志曝光了。网络上的信息，不知道通过什么渠道就会被泄露出来呢。"

"那都是很久以前的事情了。"男生依旧拿着手机，"QUBE 是永和商事研发的搜索引擎，广告说它的保密制度是世界第一，根本不可能存在信息泄露的问题。其他那些也一样的。"

女生点点头："可能吧。"

这时，电车抵达涩谷站。

"走吧。"男生站了起来，"简直是浪费时间。我从中午开始看，哎呀，太长了。我觉得编辑也很逊，或许他们认为按照真实时间推进游戏能够让观看者更有现场感吧，可那也太久了，我刚刚才看完呢。因为一直好奇结局，所以就一直看一直看，结果看到最后那对情侣的答案不一致，游戏结束。真的就那样结束了哦，后续没有任何解释说明。真是无聊得可以！"

"我有点儿想看。"女生在站台上边走边说，"你知道我就喜欢看合租公寓那种节目，说到真人秀，就都挺想看的。"

"节目终归只是节目。"男生迈向台阶，"默契游戏也是一样。到了最后，双方之前隐瞒的事情全部暴露了，于是互吼、哭泣、呼唤……这些部分都做得很真实，要说有意思是挺有意思的。我猜啊，回答问题的情侣在现实世界中就是一对。但是，游戏中净发生些不可能发生的事，最后两个人还都死了，这就缺乏真实性了。"

"啊，你提到这个我想起来了，"女生看了看手表，"忘了那个人是不是叫安子，总之她也换了QUBE的手机，也说起过默契游戏的事，说自己看到了什么。好像是说游戏设定很虚，但是情侣的感情是真的，似乎是这样……"

出了检票口，男生停住脚步。眼前是个交叉路口。

"这种无聊游戏，无所谓了。我们现在做什么？离电影开始还有三十分钟，去哪里喝杯茶？"

"不用，太浪费钱了。嗯，这样，看完电影我们去吃饭，怎么样？"

"好。QUBE，记录一下。"男生对着手机说，"今晚八点，晚餐，涩谷，约会。"

"什么约会啊？"

女生轻轻捶了一下男生的上臂，脸颊上泛出一朵笑容。

"我本来就是这么打算的。"

男生有些害羞地移开视线。

"噫，又来又来。对了，你知道吗，电影院旁边开了一家夏威夷风的汉堡店，我们去那儿吃啊。"女生笑着说道，"就算约会。"

男生伸出手，女生轻轻地握了上去。这时，他的手机界面上突然闪起一道紫色的光芒。

"刚才那是什么？"

男生正要回答，岔口的绿灯亮起，他们牵着手往前走。几个男人和女人与他们擦肩而过，并低声交换了几句，很快又移开了目光。

男生耸了耸肩："会是什么呢，我也不知道呢。"

从暧昧的关系变成了现实的恋人，这对刚完成人生重大转变的年轻人眼中只有对方，其他人都与自己无关。

他们穿过人行道，走上道玄坂。背后一栋高级大楼的大屏幕上出现了一行字：ANSWERGAME NEXT CHALLENGER（下一届默契游戏的挑战者），以及他们两个人的脸和名字。

然而，这对年轻人并没有注意到。